KB053995

오늘, 마음 맑음

오늘, 마음 맑음

지치고 힘든 우리의 마음을 다독여주는 시간

마스노 슌묘 지음　오승민 옮김

생각정거장

프롤로그

마음을 내려놓는 연습이 필요한 순간

사람들은 모두 희로애락喜怒哀樂을 느끼며 살아갑니다. 기쁘거나 슬플 때가 있고 때로는 화를 낼 때도 있지요. 우리는 하루에도 몇 번씩 이런 다양한 감정들과 마주하며 살고 있습니다. 가끔 자신의 감정을 주체하지 못할 때도 있고, 남들에게 휘둘릴 때도 있지만 이러한 감정을 모조리 없애고 살 수는 없습니다. 오히려 희로애락이 있기에 우리는 사람답게 살아갈 수 있는 거랍니다.

저희 승려들은 그때그때 감정에 마음을 빼앗기는 일 없이 평정심을 유지하며 살기 위해 수행을 거듭합니다. 늘 온화한 마음을 가지며 살아가는 것이 제 작은 소망 중 하나입니다. 이는 저 자신을 위해서기도 하고 저와 관련된 다른 사람들을 위해서기도 합니다.

그러나 수행을 쌓는 승려들도 당연히 감정을 가지고 있습니다.

별것 아닌 일에 짜증을 내기도 하고 작은 일에 분노하기도 합니다. 슬픔과 고통으로 몸부림칠 때도 있습니다. 승려도 사람이기 때문이지요. 그럼에도 승려들이 평온해 보이는 이유는 무엇일까요? 그것은 순간의 감정에 얽매이지 않고 최대한 이런 상황과 감정을 흘려보내려고 노력하기 때문입니다.

예를 들어 승려들도 분노의 감정을 느낄 때가 있습니다. 사람이라면 겪는 자연스러운 일입니다. 하지만 그 감정을 바로 겉으로 드러내거나 상대방에게 모진 말을 던지지 않습니다. 일단 자기 속으로 이야기를 삼키고 숨을 가다듬은 다음에 해야 할 말을 골라냅니다. 이런 사소한 노력만으로도 분노의 감정은 한풀 꺾입니다. 반대로 그 자리에서 곧바로 상대방에게 험한 말을 퍼부으면 분노는 증폭되고 맙니다. 증폭된 분노는 쉽게 사그라지지 않습니다. 이런 일이 벌어지지 않도록 승려는 감정을 흘려보내는 마음가짐을 몸에 익힙니다.

잠깐의 격한 감정에 사로잡혀 그 상황에 끌려다니면 결국 후회하곤 하지요. 자신의 삶만 힘들어질 뿐입니다. 우리네 삶으로 들어가 얘기해볼까요. 어제 회사에서 화나는 일이 있었던 당신에게 주는 이야기입니다. 화가 나게 된 원인이 말귀를 못 알아듣는 부하직원 때문일 수도, 내 맘을 헤아려주지 못하는 상사에 대한 불만에서 시작된 것일 수도 있습니다. 일이 많아 화장실에 갈 시간조차 없는 상황이 짜증 났을 수도 있지요. 만일 그 화를 오늘까지 안고 있다면 오늘 하루를 망치겠지요. 가장 중요한 것은 오늘이라는 시간입니다. 어제라는 시간은 이미 과거입니다. 과거의 화를 현재까지 버리지 못한다면 과거에 얽매인 거나 다름없지요.

우리는 언제나 오늘이라는 시간을 살고 있습니다. 하지만 마음은 여전히 어제에 머물러 있다면 몸과 마음이 따로 분리된 것이나 다름없습니다. 심신의 균형이 깨졌다고 말할 수 있습니다. 이런 상태가 오래 지속되면 몸과 마음에 병이 생길지도 모릅니다. 그런 의미에서도 지나간 감정은 마음에서 깨끗이 치워버려야 합니다.

비단 화나 슬픔과 같은 부정적인 감정뿐만이 아닙니다. 기쁨이나 즐거움과 같은 긍정적인 감정 또한 바람에 구름이 흘러가듯 흘려보내야 합니다. 커다란 기쁨을 맛보는 일은 정말 황홀하지만 언제까지나 그 기쁨에 취해 있다가는 나 자신을 잃어버릴 수 있습니다. 들뜬 마음에 침착함을 잃어버린 채 나도 모르는 사이 누군가에게 상처를 줄지도 모릅니다. 어제의 감격에 언제까지나 젖어 있지 말고 그 감격을 마음속 서랍장에 차곡차곡 정리하고 오늘을 살아야 합니다.

살아가는 동안 수많은 감정들이 매일 소용돌이칩니다. 업무에서도 성공할 때가 있고 실패할 때가 있습니다. 아마도 성공보다는 실패하는 경우가 더 많겠지요. 30퍼센트의 성공, 70퍼센트의 실패. 원래 인생이 그렇습니다. 그러니까 우리는 부정적인 상황을 훨씬 많이 겪게 됩니다. 마음먹은 대로 일이 술술 풀려 평온하게 보낼 수 있는 시간은 적습니다. 일단 인생이 그렇다는 것을 알고 있어야 합니다. 전제가 달라지면 결과도 다릅니다.

매일 부정적인 감정과 마주하며 살아가야 하는 인생이기에 우리는 감정을 잘 다스리는 기술을 몸에 익혀야 합니다. 그 기술은 흔히 말하는 표면적인 기술이 아닙니다. 내가 어떤 마음가짐을 가지고 살아가느냐, 하는 마음을 다스리는 기술이지요.

자기 감정에 휘둘리지 않고 슬기롭게 감정을 다스리며 살아갈 수 있다면 삶은 더 나은 방향으로 흘러갈 것입니다. 이 책은 다양한 고민에 대처하는 우리의 마음가짐에 대해 쓴 책입니다. 이 책을 통해 여러분이 지금 안고 있는 고민과 갈등, 슬픔과 분노의 감정이 다소나마 줄어드는 실마리가 되었으면 좋겠습니다.

겐코지建功寺 작은 암자에서

마스노 슌묘枡野俊明

차
례

프롤로그 마음을 내려놓는 연습이 필요한 순간 4

1장 상식에서 자유로워지세요

과거의 실패를 도저히 잊을 수가 없어요. 14
어린 사람들에게 저도 모르게 "우리 때는 그러지 않았어"라고 말해버립니다. 18
올해 정말로 운이 없는 것 같아요. 22
말이 서툴러서 고민이에요. 26
지금 하고 있는 일이 제게 맞지 않는 것 같아요. 32
다른 사람들만큼 성과를 내지 못합니다. 36
승진시험에서 떨어졌습니다. 40
업무목표가 너무 높아 달성할 수가 없어요. 44
창의력을 발휘하려면 어떻게 해야 하나요? 48
마음을 터놓고 얘기할 수 있는 친구가 별로 없어요. 52

2장 시선을 조금만 밖으로 옮겨보세요

미래를 준비하고 싶은데 무엇을 해야 하나요? 58
사람들에게 더 인정받고 싶어요. 62
저만의 재능이 있긴 한 걸까요. 66
매사에 늘 자신이 없어요. 70
왜 사는 걸까요? 존재에 대해 고민하기 시작했습니다. 74
회의가 코앞인데 좋은 기획이 떠오르지 않아요. 78
사내에서의 평판이 신경 쓰입니다. 82
사회적으로는 잘나가는데 전혀 행복하지 않아요. 86

3장
내 방식만을 고집하지 말아요

직장에서의 인간관계가 너무 어렵습니다. 92

일 잘하는 비결을 알고 싶어요. 96

잘못을 인정하는 게 왜 이렇게 어려운가요. 100

존경받는 사람이 되고 싶어요. 106

쉽게 멘탈이 무너지곤 합니다. 110

제 의지와 전혀 다른 인사이동 때문에 화가 납니다. 114

일이 너무 많아서 끝이 보이지 않습니다. 120

실력을 제대로 발휘할 수 없는 환경에 놓여 있습니다. 124

4장
속마음을 억누르고 있나요?

기분 나쁘지 않게 솔직하기가 왜 이렇게 어려운 걸까요. 130

혼자 있는 게 너무 외로워서 싫습니다. 134

팀원이 말을 듣지 않습니다. 138

삶에 열정이 사라진 것 같아요. 142

좋아하는 일을 하면서 먹고살 수 있을까요? 146

더 멋진 일을 하고 싶어요. 150

앞날이 보이지 않고, 10년 뒤가 두렵습니다. 154

5장 답을 찾지 마세요

이제 한계인 것 같아요. 162

조급한 마음이 들고 빨리 정답을 알고 싶어요. 166

어떻게 해도 우울함을 벗을 수가 없습니다. 172

지금 맡은 업무가 너무 버겁습니다. 176

부자가 되고 싶어요. 180

좋은 아이디어가 떠오르지 않아요. 184

일이 너무 힘들어요. 188

지금의 제 처지가 한심스럽습니다. 192

부당한 방법으로 승진한 사람을 용서할 수가 없어요. 196

6장 서두를 필요 없습니다

끈기가 부족해서 고민입니다. 202

사람들에게 신망을 못 얻는 것 같아요. 206

오늘… 실직했어요. 210

어제와 똑같은 오늘이 지긋지긋해요. 214

열심히 했는데도 성과를 내지 못했습니다. 218

성공한 인생이란 어떤 인생일까요? 222

왜 사는 걸까요. 226

1장

상식에서 자유로워지세요

이 세상에 정답은 없답니다

과거의 실패를
도저히 잊을 수가 없어요.

지금 이 순간이 전부입니다.

중국 당나라 시대에 조주종심趙州從諗, 당나라 때의 스님으로 검소한 생활을 하고 시주를 권하는 일이 없어 칭송을 들었다. 송나라 대에 형성된 불교 이론인 선종에 큰 영향을 끼쳤다이라는 유명한 선승禪僧이 있었습니다. 매일같이 많은 고승들이 그를 만나러 찾아왔다고 합니다. 어느 날 한 고승이 그에게 물었습니다.

"깨달음을 얻으려면 어떻게 해야 합니까?"

그런데 스님의 대답은 늘 한결같았습니다.

"차 한 잔 마시고 가게나."

"차 맛이 어떠한가?"라는 스님의 질문에 차를 대접받은 고승은 "정말 맛있습니다"라고 응답했습니다.

이후 '드디어 깨달음에 대한 가르침을 들을 수 있겠구나'라고 생각한 고승의 기대와는 다르게 스님은 "그럼 조심히 돌아가시게나"라고 무심하게 한마디 던질 뿐이었습니다. 고승은 결국 아무런 가르침도 받지 못한 채 차 한 잔만 마시고 돌아와야 했습니다.

이 일화는 불교계에선 유명한 선문답 중 하나입니다.

조주종심 스님은 무엇을 전하고 싶었던 걸까요? 그는 차를 마실 때는 차를 마시는 일에만 집중하는 것, 즉 이것저것 생각하지 말고 지금 하고 있는 일에만 마음을 담는 것이야말로 깨달음에 이르는 길임을 가르치고자 했습니다. 불교에서는 이를 끽다끽반喫茶喫飯이라는 말로 표현합니다. 차를 마실 때는 차 그 자체, 밥을 먹을 때는 밥 그 자체가 되라는 뜻입니다. 일을 할 때는 일 그 자체가 되는 것, 이것이 불교에서 말하는 사고방식입니다.

우리는 결국 순간만을 살 수 있습니다. 우리가 흘려보내는 시간들은 연속적으로 보이지만 실은 순간이 쌓이는 것에 지나지 않습니다.

과거와 현재, 미래라는 말이 있습니다. 하지만 불교의 세계에는 현재만 존재할 뿐입니다. 결국 현재라는 순간만이 전부입니다. 어제라는 시간은 이미 과거입니다. 불과 1분 전도 마찬가지입니다. 눈 깜짝할 새에 미래가 오고 현재는 금세 과거가 되어버립니다.

그러므로 과거에 얽매이거나 아직 오지도 않은 미래를 걱정하지 말고 다만 현재라는 이 순간을 열심히 사는 일에 오직 혼신을 다한다면 길은 내 뒤에 자연스레 생기게 되어 있답니다.

현재를 소홀히 하면서 적당히 살아가는 사람 뒤에 길이 생길 리가 없지요.

그 자체가 된다는 말을 좀 더 구체적으로 설명하겠습니다. 소설가들은 이야기의 첫 도입부를 쓸 때 먼저 머리로 생각하고 글을 써내려간다고 합니다. 구성을 의식하며 주인공의 대사 등을 만들어나가는 것이지요.

그런데 글을 써내려갈수록 작가로서 작품을 쓰는 것이 아니라 자기도 모르는 사이 작품 속의 주인공과 일심동체가 되어 소설 속으로 뛰어드는 경험을 하게 된다고 합니다. 어떨 땐 시간 가는 것조차 잊고 몇 시간씩 책상에 그대로 앉아 작품을 써내려간다고 합니다. 그런 순간들이 수도 없이 일어나기도 하고요. 이때가 바로 자신 스스로가 일 자체가 되는 순간입니다.

모든 일에는 이와 같은 순간이 있습니다. 어제의 실수나 내일의 계획에 신경을 빼앗기지 않고 현재의 일 자체가 되는 순간들이 수없이 쌓이다 보면 결국 보람찬 결과로 이어질 수밖에 없습니다.

과거에 사로잡혀 있으면 몸은 현재에 있더라도 마음은 과거에 있는 것이나 마찬가지입니다. 즉, 몸과 마음이 따로 분리되어 현재를 살고 있는 것이지요. 반대로 항상 미래에 대한 걱정과 불안에 휩싸여 있으면 실체도 없고 일어나지도 않은 미래에 속박되어 헛된 시간을 보내는 것입니다. 이런 사람도 현재를 사는 것이 아니라 망상 속에 허덕인다고 봐야 합니다.

현재에 눈을 돌리는 것, 그게 바로 나 자신으로 사는 방법입니다.

어린 사람들에게 저도 모르게
"우리 때는 그러지 않았어"라고
말해버립니다.

세상의 평가나 상식에서 벗어나
마음속의 자신과
마주하세요.

자녀의 대학 입시를 향한 부모의 열망이 여전히 뜨겁습니다. 특목고 입시는 명문대에 입학하기 위한 필수 조건이 되어버렸고, 좋은 직장에 취직하기 위해서는 이 모든 것들이 너무나 당연한 일이 되어버렸습니다. 심지어 유치원 때부터 공부를 시켜서 유명 사립초등학교에 입학시키려는 부모도 많습니다. 부모들은 이게 내 아이를 위한 최선이라 믿으며 전심전력을 다합니다. 하지만 이것이 정말 아이를 위한 최선일까요?

이른바 '당연히' 가야 할 루트로 순조롭게 올라타야 성공한 인생이고, 그 길을 벗어나면 실패한 인생이 되나요?

당연함이란 대체 무엇일까요?

당연함이나 상식과 같은 형식에 얽매여 있는 사람이 상당히 많은 듯합니다. 하지만 이런 상식이 모두 옳은 것은 아닙니다.

금융업에 종사하는 사람들이라면 당연히 알고 있어야 할 전문용어나 상식이 있습니다. 학계에는 학자들 사이에서만 통하는 상식이, 정계에는 정치가들 사이에서만 통용되는 당연함이 있습니다. 어느 분야에나 그런 것들이 있지요. 하지만 이것은 어디까지나 그

분야에서만 통하는 상식이며, 세상에서 통하는 일반 상식은 아닐 수도 있습니다. 지금 세상에 있는 수많은 상식들도 분야가 달라지면 당연하지 않을 수 있습니다.

상식과 당연함에 사로잡히면 시야가 점점 좁아집니다. 회사에서도 늘 새로운 것을 요구하면서 시스템이나 사고방식은 구태의연한 경우가 많습니다. 예를 들어, 신입사원이 새로운 제안을 해오면 상사는 반사적으로 이렇게 말하곤 합니다.

"상식적으로 그 방법은 절대 불가능합니다."

"이 업계 상황을 몰라도 너무 모르네요."

왜 불가능하고 당연한지, 설명도 없이 그렇게 단정지어버립니다.

이런 상태가 계속되면 팀원들도 어느새 기존 제도가 옳다고 생각해 당연함에 물들어버립니다. 그렇게 믿는 것을 상사가 더 좋아하기 때문이지요. 하지만 이렇게 고착된 당연함이나 상식이 그대로 이어지면 일터는 결국 굴레로 변해버립니다. 당연함을 그대로 수긍하지 마시기 바랍니다.

한 번 더 머릿속으로 정말로 이 방법이 옳은지 생각해보세요. 당연함과 상식에 갇혀버리면 새로운 발상과 아이디어는 떠오르지 않습니다. 이럴 때는 하다못해 주변이라도 잠시 둘러보시기 바랍니다.

불교에서는 상식이나 당연함이 존재하지 않습니다. 저희 승려들은 정해진 시간에 좌선과 독경을 합니다. 하지만 혼자서 수행하는 경우에는 언제 어디서 좌선을 할 것인지 전적으로 개인이 결정합니다.

우리는 각자 마음속에 부처를 모시고 삽니다. 우리 마음속 부처는 무엇에도 얽매이지 않는, 그저 있는 그대로의 모습입니다. 세상의 평가나 상식으로부터 벗어나 내 안에 계신 부처와 마주하세요. 이런 사고방식을 일상에 조금 적용해보시는 건 어떨까요?

또한 당연함이라는 의식은 과거로부터 축적된 경험을 바탕으로 형성됩니다. 즉 여러 가지가 더해져서 완성됩니다. 경험을 더해가는 것은 물론 중요합니다. 하지만 더하기만 계속하다 보면 결국에는 본질이 가려질 가능성이 커집니다. 여기에 함정이 있습니다.

당연함이나 상식에 부딪칠 때는 한 번 '빼기'를 해보시기 바랍니다. 당연함에 달라붙어 있는 불필요한 껍질들을 하나하나 벗겨내듯이, 상식에 대해 다시 한 번 진지하게 생각해보는 것이지요.

올해 정말로 운이 없는 것 같아요.

운은 만인에게
공평하게 주어집니다.

운이 좋다 나쁘다. 우리는 이런 말을 자주 합니다. 운이란 왠지 사람의 힘으로는 바꾸기 힘든 차원의 문제라고 생각하는 것 같습니다. 하지만 사실 운은 스스로 바꿀 수 있다는 것을 명심하시기 바랍니다.

연緣이라는 말이 있습니다. 교육, 일, 사랑, 결혼을 통해 우리는 연을 맺고 서로 엮이면서 살아갑니다.

이를 두고 우리는 인연因緣을 맺는다고 표현합니다. '인'은 원인原因을 뜻합니다. 원인이 있으니까 연을 맺게 되지요. 그래서 좋은 연을 맺으려면 그 원인을 만들어내려는 평소의 노력이 중요합니다.

또한 연은 만인에게 공평하게 주어집니다. 연은 바람과 비슷합니다. 어떤 장소에도 바람은 공평하게 불지요. 그 바람을 자신이 가진 돛으로 잘 받을 수 있느냐 없느냐에 따라 결과가 달라집니다. 바람이 불 때 돛을 쫙 펴야 배가 앞으로 힘차게 나아갈 수 있습니다. 돛이 바람을 놓치면 배는 속도를 낼 수 없습니다. 그러니까 우리 역시 평소에도 돛을 펴고 있어야 합니다.

업무에서 돛을 펴려면 어떻게 해야 할까요? 맨 처음 나에게 온 기회를 놓치지 말고 잡으면 됩니다.

상사가 "이 업무를 누가 맡아야 하나?"라고 말한다고 가정해봅시다. 별로 중요한 업무가 아니기 때문에 나서려는 사람이 없습니다. 이때 먼저 손을 들고 "제가 하겠습니다"라고 말해보는 건 어떨까요.

하찮은 업무라는 개념은 바람으로 치면 산들바람입니다. 그럼에도 그 바람을 온몸으로 받고 조금이라도 앞으로 나가려는 자세가 중요합니다. 맨 처음에 받은 산들바람이 결국에는 크고 강력한 바람이 되기 때문입니다. 즉, 점점 더 중요한 업무를 맡게 될 수도 있습니다. 그러므로 사람뿐 아니라 일에서도 첫 인연을 소중하게 생각해야 합니다. 한 번 연을 맺어놓으면 차례차례 좋은 인연들이 이어집니다. 처음에는 하찮은 업무일지라도 성심성의껏 해낸다면 이후에 반드시 중요한 업무를 맡을 기회가 옵니다.

반대로 처음에 나쁘게 연을 맺어버리면 그 연은 당신을 나쁜 방향으로 이끌어갑니다. 이해타산만 따지면서 일하다 보면 훗날 당신 주위에는 이해관계만 따지는 사람들만 남습니다. 그렇게 되면 인생이 불행해집니다.

요즘 되는 일이 없고 운도 없다며 한탄하는 사람들이 있습니다. 그러나 운이 없는 이유는 누구도 아닌 나 자신이 인연을 잘못 맺고 있기 때문입니다.

평소에도 게으름을 피우지 말고 꾸준하게 노력하세요. 언제 어디서 작은 바람이 불어오더라도 그 바람을 항상 받아낼 수 있도록 유연한 마음을 지니시기 바랍니다.

인간관계 또한 마찬가지입니다. 저 사람과 인연을 맺고 싶으면 정면으로 부딪쳐보세요. 진심을 담아야 합니다. 거절당할까 봐 두려워해서는 안 됩니다. 만약 일이 잘 안 된다면 그건 그 사람과는 연이 없기 때문이라 생각하세요. 연이란 이처럼 스스로 만들어나가는 것입니다.

우리는 새해 첫날, 여러 계획을 세우며 올해에도 좋은 일만 일어나기를 바랍니다. 작년의 나빴던 것들과 인연을 끊고 새롭고 좋은 것들과 인연을 맺겠다는 다짐이지요. 그 각오를 지금 다시 한 번 되새겨봅시다.

좋은 인연이 되느냐 나쁜 인연이 되느냐는 모두 자신에게 달려 있습니다. 절대 남의 탓으로 돌리지 마세요.

말이 서툴러서 고민이에요.

천천히 말해도 괜찮습니다.
진심을 담아서 말하세요.

공적이든 사적이든 사람과의 만남에서는 상대와 나누는 대화가 중요합니다. 이메일이나 SNS 등의 소통수단이 아무리 발달해도 직접 얼굴을 보면서 주고받는 말을 이길 순 없습니다. 가상공간에서의 인간관계는 한계가 있기 마련입니다. 저는 서로에게 건네는 따뜻한 말 한마디가 인생을 풍요롭게 만든다고 믿습니다.

요즘 대화법을 알려주는 책들의 인기가 높습니다. 타인을 설득하는 말을 자유자재로 사용하고 싶은 사람들이 많기 때문이죠. 이에 관련한 강좌도 있습니다. 비즈니스를 성사시키는 데 감정이 섞인 말이나 대화는 필요 없다는, 시종일관 객관적인 표현만으로 대화를 이어나가는 것이 가장 효율적이라는 발상에서 나왔지요. 하지만 과연 정말로 그럴까요?

물론 공적인 대화에 쓸데없이 사적인 느낌이나 마음을 표현할 필요는 없을지도 모릅니다. 비즈니스 상황에서는 대화를 통해 거래의 성사와 상품의 판매와 같은 결론을 이끌어내는 게 중요하니까요. 쓸데없이 사적인 감정을 표현했다가는 실없는 사람처럼 보일 수도 있습니다.

하지만 사람은 기계가 아닙니다. 동일한 조건에서 교섭을 시작하더라도 누가 진행하느냐에 따라 결과가 달라지기도 합니다.

목표했던 것 이상으로 성과를 내는 사람이 있는가 하면 반 정도도 이루지 못하는 사람도 있습니다. 이런 차이를 줄이려고 많은 사람들이 자기계발에 힘쓰는 거겠지요.

하지만 제 생각은 다릅니다. 단순히 말을 번지르르하게 잘하겠다는 발상만으로는 아무리 노력해봤자 한계가 있을 수밖에 없습니다. 원하는 성과를 내기란 의외로 아주 어렵죠. 성과를 높이려면 역시 마음에서 우러나오는 말이 중요해집니다.

거래처와 협상을 한다고 가정해봅시다. 상당히 어려운 상황이어서 우리 측도 절대 양보할 수 없습니다. 아슬아슬한 선에서 거래 조건을 협의하다가 결국 협상이 결렬되어 분위기가 무거워집니다. 곧 상대방이 자리에서 일어납니다. 이때 약간 표정을 누그러뜨리며, 이런 말을 건넨다면 거래처 담당자는 무슨 생각을 할까요?

"아까 회의하실 때 기침을 좀 하시던데 감기에 걸리셨나 봐요. 날씨가 제법 추우니 조심히 들어가세요."

이번 협상은 결렬되었지만 나중에 기회가 된다면 이 사람과 일해보고 싶다는 생각이 들지 않을까요? 그리고 어쩌면 다음 협상을 위해 진지하게 조건을 재검토해볼지도 모릅니다.

"조심히 들어가세요."

이 한마디가 결과를 더 좋게 만들 수도 있는 법입니다.

업무가 한창일 때는 사무적이어도 좋습니다. 다만 그것으로만 끝내지 말고 따뜻한 말 한마디를 조용히 건네보세요. 이것이 바로 살아 있는 대화이자 언어입니다. 사람의 마음을 풀어주는 대화는 절대 기계가 할 수 없는 영역이랍니다.

도원선사道元禪師, 당나라에서 불법을 배워 와 일본의 조동종을 창시한 스님가 쓴 《정법안장正法眼藏》에는 애어愛語라는 말이 나옵니다. '애어'란 항상 만나는 사람에 대해 배려심을 갖고 상대방의 마음을 살피며 하는 말을 뜻합니다.

비즈니스 세계에서는 격앙된 말투나 정반대로 얼음처럼 냉철한 말투로 상대방을 설득하는 기술이 필요할 수도 있습니다. 말이 서툰 사람에게 언어의 순발력이 요구되는 회의나 거래는 매우 어려운 일이지요.

하지만 상대방 말에 바로 반응하지 않아도 괜찮습니다. 바로바로 감정을 표현하지 말고, 상대방 말을 일단 마음속으로 깊이 삼킨 다음 한 박자 천천히 대답해보세요.

마음을 거치지 않고 곧바로 입으로 튀어나오는 말이 아니라 마음속에서 시간을 들여 찾아낸 말은 분명히 상대방에게 진중하게 전달될 테니까요.

지금 하고 있는 일이
제게 맞지 않는 것 같아요.

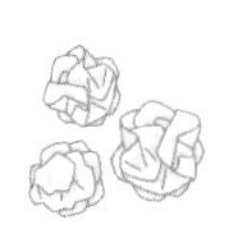

자신이 붙인 고정관념이란 딱지를
먼저 말끔하게 떼어내세요.

사람들은 흔히 내 편과 내 편이 아닌 사람들을 가르곤 합니다. 그때 우리는 '타입'이라는 말을 쓰곤 합니다.

"이 일은 내 타입이 아니라서 나와는 맞지 않아."

"저 사람은 내 타입이 아니라서 친해지기 어렵네."

이렇게들 말합니다. 그런데 타입이란 대체 뭘까요?

결국 내 멋대로 '나는 이 일을 할 수 없다'는 딱지를 스스로에게 붙인 것에 지나지 않습니다. 나는 이런 사람이라고, 스스로 한계를 그어서 안도감을 느끼려는 행위입니다.

일이 잘 안 풀리는 이유에 대해 그 일이 내 타입이 아니기 때문이라고 쉽게 변명합니다. 자신한테 불리하니까 전부 타입 탓으로 돌리는 것이지요. 그냥 그뿐입니다. 하지만 원래 사람에게 타입 같은 건 없습니다. 그렇게 유형별로 쉽게 나눌 수 있을 만큼 사람은 단순하지 않습니다. 게다가 어마어마한 가능성과 변할 수 있는 능력까지 가지고 있지요.

그런데 타입이라는 딱지를 붙이고 그 다음에 일어날 수 있는 무궁무진한 가능성을 포기해버리다니, 너무나 안타까운 일이 아닐 수 없습니다.

불교에서는 이를 유연심柔軟心이라고 합니다. 말 그대로 사람에게는 유연한 마음이 있다는 뜻입니다. 사물을 판단할 때 사람은 자신이 놓인 처지나 입장에서 이것저것 따지며 판단하게 마련입니다. 이게 바로 자아입니다. 하지만 집착과 편견으로 똘똘 뭉친 자아에서 벗어나, 좀 더 자유로운 마음을 가져야 합니다.

"내 타입이 아니야."

시작도 하지 않았는데 이런 식으로 미리 부정하지 마세요. 맞는지 안 맞는지 미리 따지지 말고, 일단 진지하게 임해보는 자세가 가장 중요합니다. 나에게 맞지 않을 것 같았던 업무에서 의외로 크게 성공할 수도 있습니다. 절대 불가능할 것 같았던 일이 관심을 갖고 꾸준히 노력하다 보면 언젠가는 가능해질 수도 있습니다.

인간관계도 마찬가지입니다. 절대로 스스로의 한계를 정해서는 안 됩니다. 그건 가능성에 뚜껑을 덮어버리는 것이나 다름없습니다.

습관에 대한 고정관념도 마찬가지입니다. 많은 사람들이 무작정 좋은 습관을 가져야 한다고 철석같이 믿습니다. 건강을 위해서 운동을 해야 한다, 술은 삼가야 한다, 야채를 많이 먹어야 한다, 식사는 이러저러하게 제한해야 한다, 이런 식으로 말이지요.

이런 식으로 우리는 '해야 한다'는 말에 너무 집착합니다.

물론 규칙적으로 생활하는 것은 좋은 일입니다. 술도 적당히 마

시면 당연히 좋지요. 하지만 지나치게 집착하면 오히려 스트레스가 됩니다. 좋으라고 시작한 일이 도리어 나쁜 결과를 초래할 수도 있습니다.

예를 들어 운동 삼아 걷는다 해도 몸 상태가 나쁘다면 무리해가면서까지 걸을 필요는 없습니다. 또 아침 식단 메뉴를 미리 완벽하게 정해놓는 사람도 있습니다. 하지만 여행을 가면 평소와 똑같은 음식을 먹기가 어렵습니다. 많이 제한할수록 스트레스를 받습니다.

무엇이든 제대로 해야 한다는 생각은 달리 보면 강력한 자아에서 오는 경우가 많습니다. 자아를 지키는 것은 중요하지만, 지나치게 강하면 자유로운 발상을 잃을 수 있습니다. 자유자재로 변모할 수 있는 유연한 마음은 새로운 가능성을 만날 수 있게 해줍니다.

내 멋대로 붙인 선입견이란 딱지를 먼저 말끔하게 벗겨내시기 바랍니다.

다른 사람들만큼
성과를 내지 못합니다.

자신의 일이 하찮은 것이라고
무시하고 있진 않나요.

저는 어떤 일이라도 죽을힘을 다해 노력한다면 거의 달성할 수 있다고 믿습니다. 저는 누구나 그 정도의 능력을 가지고 태어난다고 생각합니다.

처음 해보는 업무, 잘 못하는 업무, 내 의지와 상관없는 일이라도 일단 주어진 일에 최선을 다해 임한다면 누구나 70퍼센트 정도의 경지까지 도달할 수 있습니다. 욕심을 너무 부리지 않는다면 아주 훌륭한 합격점이지요. 특별한 재능이 없더라도 누구나 합격점을 받을 수 있답니다.

그렇다면 회사에서의 평가가 낮아서 고민하는 사람, 동료보다 일을 못해서 자신감을 잃은 사람들이 과연 정말로 노력했다고 말할 수 있을까요? 한번 그 마음속을 들여다볼 필요가 있습니다.

만약 주어진 업무의 반밖에 해내지 못했다면 그건 순전히 자신의 노력이 부족한 탓입니다. 제대로 시도도 해보지 않고 난 이 일이 싫어, 나와는 맞지 않아, 그렇게 투덜대니 당연히 평가가 안 좋게 나올 수밖에 없지요. 마음만 먹으면 합격점은 반드시 따낼 수 있습니다. 자신의 가능성을 믿고 최선을 다하시기 바랍니다.

다만 70퍼센트를 넘어 90퍼센트의 경지까지 도달하려면 적성과 재능이 필요합니다. 태어나 자란 지역이나 가정환경 등의 영향도 무시할 수 없지요. 그러므로 나에게 재능이 있는지 없는지를 알고 싶다면, 우선 70퍼센트 지점까지는 가봐야 합니다. 거기서 보이는 전망으로 당신의 가능성을 가늠할 수 있습니다.

단지 재능이 있다는 이유만으로 좋은 평가를 받을 순 없습니다. 노력은 하지 않으면서 자신의 한계를 한탄해봤자 아무도 도와주지 않습니다. 일단은 눈앞에 놓인 업무에 최선을 다해보세요.

우리 주변에는 다양한 종류의 일이 있습니다. 그리고 각각의 일에 대해 우열을 매기는 사람들이 많습니다. “이 일이 저 일보다 수준이 높아”, “이렇게 하찮은 일은 도저히 못 하겠어”, “옆자리 직원은 더 좋은 일을 배정받았는데” 이런 말들을 하면서 말이지요.

업무에 등수를 매기거나 폼 나는 업무만을 고집하는 사고방식은 버리시기 바랍니다. 직업이나 업무내용에 귀천이나 순위는 없습니다. 세상의 모든 일은 필요하기 때문에 존재합니다. 세상에서 별로 알아주지 않는 일이라 해도 분명 어디선가 누군가에게 도움이 되고 있습니다. 일이란 그런 것입니다.

사람이라면 누구나 세상의 주목을 받고 싶어합니다. 많은 사람들에게 감사받고 싶어하고, 칭송받고 싶어하지요. 이것이 솔직한 인간의 심정입니다. 하지만 대부분의 사람들은 화려하고 눈부신 장면과는 거리가 먼 일상에 파묻혀 묵묵히 일하며 살아갑니다.

그 속에서 우리는 각자의 일에 대해 확고한 자부심을 가져야 합니다. '내가 하는 일은 분명 세상에 도움이 되고 있다', '내 일을 인정해주는 사람이 반드시 어딘가에 있다'라고 말입니다. 자신만의 착각이라 해도 괜찮습니다. 자신을 스스로 인정해주는 것이야말로 행복에 이르는 지름길이라고 저는 믿습니다. 내 인생의 주인공은 누구도 아닌 나니까요.

이런 일화가 있습니다. 한 손님이 정육점 앞을 지나갈 때였습니다. 손님이 정육점 주인에게 주문을 하면서 "오늘은 특별한 날이니까 좋은 고기로 골라주세요"라고 말했답니다. 그러자 정육점 주인이 대꾸했습니다. "우리 가게에는 나쁜 고기는 하나도 없어요. 다 좋은 고기예요."

이 대화를 듣고 나서 손님은 고기에 매겨지는 좋고 나쁨의 등급은 그저 개인의 주관적 평가에 불과하다는 사실을 깨달았다고 합니다. 일도 이와 마찬가지입니다.

바로 당신의 마음이 큰일과 작은 일, 좋은 일과 하찮은 일이라고 등급을 매기고 있을 뿐이지요. 사회적 지위의 높고 낮음으로 서열을 매기고, 그 잣대로 사람의 가치마저 평가합니다. 참으로 슬프고 비열한 발상이지요.

승진시험에서 떨어졌습니다.

지금 그 자리의 주인공은
바로 당신입니다.

대개의 조직은 피라미드형으로 이루어져 있습니다. 한 부서에는 1인자인 수장이 있고 그 밑엔 중간관리자가, 그리고 조직의 말단엔 신입사원이 있기 마련입니다.

이런 조직체계가 사회에서 계속 유지되는 까닭은 아마도 이 체계가 그 사회 구성원의 성격과 잘 맞아떨어지기 때문이 아닌가 싶습니다.

하지만 이 피라미드 구조 탓에 모두가 1인자가 되기를 목표하는 것 또한 사실입니다. 열심히 노력해서 모두가 정상에 서기를 원하지요. 1인자야말로 회사원이 이룰 수 있는 유일한 성공이라고 믿는 것 같습니다. 물론 목표를 명확히 설정하고 업무에 임하는 것은 매우 중요합니다. 하지만 1인자가 되는 것만이 성공의 결과라고는 할 수 없습니다.

왜냐하면 1인자가 될 수 있는 사람은 정말 드물기 때문이지요. 사장이 될 사람도 한 명, 부장이 될 사람도 몇 명으로 한정되어 있습니다. 다시 말하면 대부분의 사람은 2인자나 3인자의 위치에 설 수밖에 없습니다. 그럼 2인자나 3인자는 실패한 인생일까요?

실은 불교 세계도 피라미드 구조로 되어 있습니다. 피라미드의 정점에 있는 것이 부처의 여러 가지 이름 중에 하나인 여래如來입니다. 여래는 유일하게 깨달음을 얻은 존재로, 피라미드의 최정상에 군림합니다. 그 바로 밑에 있는 2인자가 바로 보살菩薩입니다.

우리에게 친숙한 관음보살觀音菩薩이나 지장보살地藏菩薩이 바로 이 보살에 해당됩니다. 흥미로운 사실은 이 보살들도 부처가 될 자격을 충분히 갖추고 있는, 그러니까 마음만 먹으면 언제든지 성불할 수 있는 존재라는 것입니다. 즉 1인자와 어깨를 나란히 할 수도 있습니다. 그럼에도 보살은 일부러 부처의 세계로 가지 않고 현세에 머무르며 수행을 쌓습니다. 이를 보살행菩薩行이라고 합니다.

그럼 왜 보살은 이승에 머무는 걸까요? 그 이유는 우리 인간의 마음을 구제하기 위해서입니다. 부처의 세계로 가면 현세의 사람들과 교류할 수 없습니다. 그러므로 자신의 의지로 이승에 머무르며 모두에게 불심을 널리 전하려는 것이지요. 그런 이유 때문인지 보살은 오랫동안 서민들의 사랑을 받아왔습니다.

어떻습니까? 이를 회사 조직에 그대로 적용할 수 있지 않을까요?

부장으로 부서의 1인자가 되면 대개의 경우 현장 업무를 떠납니다. 대세적 판단을 내리는 것이 주요 임무가 되므로 실무 업무나 부하를 교육시키는 등 세세한 업무는 할 수 없게 되지요.

이를 대신해서 중간관리자들이 현장을 주도해나갑니다. 그리고 실제 업무의 성패 여부는 이들의 손에 달려 있습니다.

중간관리자라는 자리를 두고 사람들은 흔히 위로는 상사에게 쪼이고 밑으로는 치고 올라오는 후배들에게 치이는, 정말 힘든 자리처럼 얘기하곤 합니다. 하지만 생각해보세요. 회사 조직이 피라미드 구조라면 대부분의 직장인은 중간관리자에 해당됩니다.

물론 그 자리에 계속 안주하라는 말이 아닙니다. 다만 정상에 올라가는 것만이 성공은 아니며, 2인자나 3인자라도 그 위치에서 1인자 이상으로 해내야 할 몫이 있다는 겁니다.

그 위치에서의 주인공은 바로 당신입니다. 지금 자신에게 주어진 위치에서 최선을 다해 보세요. 윗사람을 돕고 아랫사람을 이끌어가는 기쁨을 맛보세요. 최선을 다하는 당신의 모습을 누군가 반드시 보고 있습니다. 들인 노력만큼 언젠가 더 큰 업무에서 보람을 느끼게 되는 날이 반드시 올 겁니다.

회사를 움직이는 것은 1인자 한 사람이 아닙니다. 각자의 위치에서 제 몫을 다해내는 사람들이라는 사실을 기억하세요.

업무목표가 너무 높아
달성할 수가 없어요.

노동의 핵심을 되짚어보세요.

회사라는 조직에 몸을 담고 있는 한 어쩔 수 없이 할당량이나 달성해야 할 목표가 주어지기 마련입니다. 대부분의 직원들은 상사로부터 할당량을 명령받고 이를 달성하기 위해 노력합니다. 인간이 성장해나가는 과정에서 볼 때, 이 방식이 꼭 나쁘다고만은 할 수 없습니다.

하지만 할당량에만 너무 얽매이는 것은 바람직하지 않습니다. 여기에만 집착하다 보면 결국에는 내 일밖에 생각할 수 없게 됩니다. 팀워크나 고객 만족 따위는 안중에도 없습니다. 돈만 벌 수 있으면 그만입니다. 그런 생각으로 일한다면 단기적으로는 큰 문제가 없어 보이지만 장기적으로는 노동의 기쁨을 절대로 얻을 수 없습니다. 게다가 그런 일은 오래가지 못합니다.

중요한 점은 상대방은 무엇을 원하는가를 생각하는 것입니다. 우리 팀 신입사원은 무엇 때문에 힘들어하는지, 고객은 어떤 상품을 원하고 있는지, 협력업체와 상생하기 위해 내가 할 수 있는 일은 과연 무엇인지 먼저 고민해야 합니다.

극단적으로 말하면 내 이득은 뒷전으로 생각해야 합니다. 하지만 상대방의 이득을 최우선으로 생각하면 결과적으로는 모두 내 이득으로 이어집니다.

나만 이득을 보는 방법은 애초에 없습니다. 긴 안목으로 본다면 상대방을 우선시하는 쪽이 훨씬 좋은 결과를 낳는 경우가 많습니다.

한 영업사원이 자사 상품을 들고 거래처에 영업을 하러 갔습니다. 그런데 그 제품은 거래처가 원하는 상품이 아니었습니다. 이때 대개의 경우 상대방이 원하는 것과 가장 유사한 자사 상품을 대안으로 제시합니다. 영업에서는 당연한 일이지요.

하지만 영업사원이 제시한 상품을 구매한다고 해도 상대는 아마 100퍼센트 만족하지 못하겠죠. 타협해서 구매한 물건이기 때문에 불만이 있게 마련입니다. 이는 내가 상대방을 진심으로 배려하지 않았기 때문에 생긴 결과입니다.

이때 "저희 회사에는 없지만, 타사 상품 중에 원하시는 물건을 제가 알고 있습니다. 괜찮으시면 그 상품을 소개드릴까요?"라고 말해보면 어떨까요? 상대방은 분명 놀라겠지요. 경쟁회사 제품을 소개한다고 하니 말입니다. 나중에 상사에게 혼날지도 모릅니다.

하지만 상대방을 첫째로 생각한다는 말은 이런 것입니다. 그리고 이때 진정한 신뢰감이 싹틉니다.

현대는 무한경쟁 시대입니다. 자사를 지키기 위해서라면 경쟁사를 곤경에 빠뜨리는 일 정도는 아무렇지도 않게 해내지요.

하지만 저는 이런 방법이 우리에게는 어울리지 않는다고 생각합니다. 예부터 우리는 주변 사람들과의 관계를 중시해왔습니다. 본인 가게의 채소만 팔지 않고 "우리 가게는 무가 맛있고, 시금치는 옆집 게 맛있어요"라며 이웃 가게의 물건을 손님에게 권하기도 했습니다.

언뜻 보기에는 손해인 것 같지만 결국에는 상권 전체가 풍요로워지는 결과를 가져옵니다. 어느 시대든 장사에는 이런 마음가짐이 중요하다고 봅니다. 내가 근무하는 회사뿐만 아니라 내가 종사하는 업계 전체를 생각하는 마음 말입니다.

당연한 얘기지만 내가 속한 사회와 나라가 잘 살아야 나도 함께 잘 살 수 있습니다. 내 이득만 생각하지 말고 상대방과 주변 사람이 원하는 것에 먼저 눈길을 돌리세요.

창의력을 발휘하려면
어떻게 해야 하나요?

숫자로 나타낼 수 없는 것.
그것이 바로 가장
창의적인 것입니다.

우리는 점점 더 빠르고 편리한 세상에 살고 있습니다. 컴퓨터를 비롯한 각종 기계들 덕분이지요.

인간의 노고 없이도 물건이 척척 만들어지고, 사람들은 복잡한 정보도 검색으로 손쉽게 알아내곤 합니다. 편리하기는 하지만 한편으로는 인간성이 점점 사라지는 것 같아 걱정이 많습니다.

본래 인간의 손에 의해 조종되었던 기계가 지금은 반대로 인간을 조종하는 시대가 도래했습니다. 컴퓨터가 나타내는 수치와 데이터가 모든 것을 대변합니다. 인간의 감성이나 존재는 모두 부정당하는 느낌입니다.

최근 들어서 선禪이 전 세계적으로 주목을 받고 있습니다. 그 배경에는 이러한 컴퓨터와 스마트폰으로 도배된 사회에 대한 피로감이 있는 듯합니다.

조용히 좌선을 하는 행동은 가장 정적인 행위이며 사람만이 할 수 있는 행동입니다. 마찬가지로 수치화할 수 없는 마음과 감정, 그리고 창의력도 사람만이 가지고 있습니다. 기계나 컴퓨터로는 만들어낼 수 없는 것들이지요.

현대사회에서 업무에 관한 데이터는 물론 중요합니다. 하지만 너무 그것에만 몰두해버리면 인간 본래의 감성과 장점을 잃어버릴 수 있습니다.

예를 들어 한 권의 책을 제작할 때 편집자는 요즈음 어떤 트렌드의 책이 팔리고 있고 어느 작가의 책이 인기가 있는지 먼저 자료를 취합합니다. 이런 조사는 검색만으로도 금방 해낼 수 있지요. 소위 시장조사라고 합니다.

만약 컴퓨터의 조사결과만 가지고 책을 제작한다면 굳이 사람이 기획할 필요가 있을까요. 편집회의도 열 필요가 없습니다. 데이터만을 근거로 책을 만들고, 팔면 되니까요. 컴퓨터로 완벽하게 기획한 책은 잘 팔려야 하는데, 현실은 전혀 그렇지 않습니다. 그래서 기계가 생각해내지 못하는 인간의 창의력이 중요합니다. 컴퓨터는 0과 1의 세계, 즉 Yes이거나 No의 세계입니다.

하지만 인간의 마음에는 Yes와 No 말고도 그 사이에 수많은 해답이 있습니다. 숫자로 나타낼 수 없는 것, 그것이야말로 바로 가장 창의적인 것이라고 저는 생각합니다.

저는 돌과 모래를 바탕으로 일본식 정원을 디자인하는 일도 하고 있습니다. 그리고 이런 식으로 자갈과 바위를 가지고 정원을 꾸미는 것을 '선의 정원禪の庭'이라고 합니다.

제가 이 정원의 형태를 디자인하다 보면 돌을 놓는 장소가 영 마음에 들지 않을 때가 있습니다. 현장 기술자들에게 10센티미터만 더 오른쪽으로 옮겨달라는 요청을 하게 되지요. 그런데 이 10센티미터라는 수치는 계산기를 두드려서 나오는 것이 아닙니다.

10센티미터 오른쪽으로 옮기느냐 마느냐는 제 안의 감성에서 나옵니다. 물론 거기에 과학적인 근거나 정답은 전혀 들어 있지 않습니다. 단순히 제 안에서 지금 이 위치는 뭔가 아니라는 생각이 떠올라 말했을 뿐입니다. 하지만 이 감각이야말로 저는 소중히 여겨야 할 인간의 감성이라고 생각합니다.

기계가 계산해낸 수치에 따라 신제품을 제작한다고 가정해봅시다. 흠 잡을 데 없이 완벽한 계산에 따라 나온 수치이므로 분명 그에 걸맞은 완벽한 제품이 완성되겠지요. 그런데 완성된 제품이 내 눈에 썩 좋아 보이지 않을 수 있습니다. 게다가 잘 팔릴 것 같지도 않습니다.

"안 팔릴 것 같습니다"라고 상사에게 말해 보았자 "왜 그렇게 생각하는지 근거를 대 봐"라는 말을 들을 게 뻔합니다. 하지만 뚜렷한 근거가 있지도 않고, 직감적으로 느끼는 것이라 어쩔 수 없이 입을 다물고 맙니다. 그러나 이렇게 행동하는 것은 너무나 위험합니다.

진정한 창의성이란 인간의 감성으로부터 나옵니다. 사람이 원하는 바는 사람만이 알 수 있는 법이니까요.

마음을 터놓고 얘기할 수 있는
친구가 별로 없어요.

친구가 몇 명인지는
중요하지 않습니다.

• • •

일본 불교에는 절에 소속되어 절의 재정을 돕는 가문들이 있습니다. 이를 단가檀家라고 칭하는데 저희 절에 소속된 단가 가족분 중에 30대 후반의 한 청년이 있었습니다.

누가 봐도 훈남인 그 청년은 유명한 회사를 다녔고 사내 축구부에 소속되어 활발히 활동했는데 인기도 아주 높았습니다. 대인관계가 매우 원만해서 주말에도 스케줄이 꽉 차 있었지요. 여러 모임에 자주 얼굴을 비추었고, SNS에도 여러 친구들과 함께 놀러 다니는 모습을 자주 올렸습니다. 그의 인생은 정말 행복해 보였습니다.

그런데 어느 날, 그가 스스로 목숨을 끊었다는 소식을 들었습니다. 그 말을 처음 들었을 때 정말 놀라지 않을 수 없었습니다. 병에 걸린 것도 아니었습니다. 직장일도 순조로웠고, 그는 늘 많은 친구들에게 둘러싸여 있었습니다. 그가 왜 극단적인 선택을 했는지 그 이유는 본인만이 알겠지요. 남에게 터놓을 수 없는 어떤 고민과 번뇌를 안고 있었던 걸까요?

안타깝게도 그에게는 진정으로 믿을 만한 친구가 없었던 듯합니다. 만약 진정한 친구가 한 명이라도 있었더라면 자살이란 선택은 하지 않았을 수도 있습니다. 그 일을 보면서 저는 현대인의 위태로운 인간관계에 대해 우려하지 않을 수 없었습니다.

인스타그램이나 페이스북 등 SNS를 이용해 그 안에서 친구가 되는 경우도 많습니다. 친구 맺은 사람의 수나 팔로어 수를 두고 경쟁하기도 하지요. 물론 나쁘다고만은 할 수 없습니다. 그렇다고 그들과 진정한 인간관계를 쌓았다고는 결코 말할 수 없겠지요.

아이가 처음으로 어린이집이나 유치원에 입학하면 부모는 아이에게 흔히 "친구 많이 사귀었니?"라고 묻습니다. 친구는 많을수록 좋고 적을수록 나쁘다고, 어른이 되어서도 그렇게 착각하는 사람들이 적지 않은 것 같습니다. 하지만 진정으로 서로를 위하는 친구는 많을 필요가 없습니다. 두어 명이면 충분합니다. 한 명이어도 문제없어요. 겉으로만 친한 친구는 많아봤자 마음의 버팀목이 되지 못합니다. 단 한 명이라도 진심을 털어놓을 수 있는 친구가 있으면 살아갈 수 있습니다.

불교에는 파수공행把手共行이라는 말이 있습니다. 쉽게 설명하자면 함께 손을 잡고 살아간다는 뜻이지요. 이처럼 슬프고 괴로울 때 서로 격려하며 인생을 함께 헤쳐갈 수 있는 인간관계를 만들어가는 것이 중요합니다.

그런데 이러한 신뢰관계를 만들려면 시간이 필요합니다. 잠시 잠깐 대화를 나눈다고 만들어지는 것이 절대 아니지요. 그런데 인간관계를 만드는 과정에서 초조함을 느끼는 현대인들이 많은 듯합니다. 몇 번 만나지도 않았는데 마치 절친한 친구가 되었다는 착각에 빠지는 이들도 있지요. 친구를 빨리, 많이 사귀어야 한다는 생각 때문에 그렇습니다. 서로 깊이 알아가려면 생각을 나누고 마음을 터놓으면서 조금씩 상대방의 마음속으로 들어가는 수밖에 없습니다. 그래야 흔들리지 않는 신뢰관계가 싹트게 됩니다.

오랜 시간을 함께 지내다 보면 서로의 생각이나 가치관에 차이가 보이기 시작하지요. 서로 이해할 수 없는 부분도 생기게 마련입니다.

서로의 입장과 자라온 환경이 다르니 차이가 생기는 것은 당연합니다. 그 차이를 초월할 수 있는가 없는가가 두 사람의 관계를 결정짓습니다. 만약 두 사람의 간극을 메울 수 없다면 어쩔 수 없습니다. 관계를 이어나가기 위해 억지로 상대에게 맞춰줄 필요는 없습니다.

서로 마음을 나누지 못한다면 싸우지 않더라도 관계는 저절로 멀어집니다. 억지로 인연을 이어가려 하지 말고, 자연스러운 흐름에 맡기세요. 소원해지는 관계 또한 하나의 인간관계입니다.

그리고 내 주변에 남은 몇 명의 친구를 평생 소중히 아끼며 살아가면 됩니다.

2장

시선을 조금만 밖으로 옮겨보세요

또 다른 풍경이 보이기 시작합니다

미래를 준비하고 싶은데
무엇을 해야 하나요?

자신의 관점을 바꾸는 것이
중요합니다.

제2차 세계대전이 끝난 후, 동아시아는 미국의 문화와 가치관을 적극적으로 받아들였습니다. 그 결과 일본과 한국, 대만 등 일부 아시아 국가들은 특유의 성실함을 바탕으로 고도의 경제성장을 이룩해냈습니다. 이는 부정할 수 없는 사실입니다. 하지만 이제는 이에 대해 한 번쯤 되돌아봐야 할 시기가 된 것 같습니다.

서양인과 동양인의 사고방식은 달라도 너무 많이 다릅니다. 예를 들어 일에 있어서 미국인은 이직을 마다하지 않습니다. 조건이 좋으면 이직을 당연하게 생각하며, 더 나은 직장에 스카웃되는 것을 자랑하고, 해고를 당하더라도 그렇게 심각하게 여기지 않습니다.

이에 비해 우리는 한 회사와의 지속적인 업무에 애착을 갖습니다. 모든 것이 급격하게 바뀌는 현대시대에도 될 수 있으면 평생 근무할 수 있는 국가 기관이나 큰 회사에 취직하고 싶어합니다.

한 번은 미국에서 택시를 탄 적이 있었습니다. 그 택시기사는 자신은 하버드대학교를 졸업했다고 말했습니다. 그는 자신의 스타트업 자금을 마련 중이고 어느 정도 안정권에 도달하기 전까지는 계속 택시운전을 할 생각이라고 말했습니다. 그는 자신이 하는 일을 부끄럽게 여기지 않았습니다. 자신의 꿈을 이루기 위해 당연히 할 수 있는 일로 생각하는 듯했습니다.

우리에게도 이런 강인함이 있는지 되돌아봐야 합니다.

하지만 우리는 한 가지 일에 깊게 파고들기를 잘합니다. 이러한 특성은 세계에 자랑할 수 있는 제품력의 기원이 되기도 했지요. 다만 그만큼 외부의 변화에는 둔감하다는 단점이 있습니다.

예를 들어 다양한 기능이 탑재된 너무나도 훌륭한 휴대폰들이 현재도 꾸준히 개발되고 있지요. 기술력은 높지만 세계 시장에서는 아직도 저평가되는 경우가 많습니다. 세계시장에 대한 공부도 부족했습니다.

한편 미국에서는 컴퓨터 회사가 통신기기를 만들어냈습니다. 다양한 인종이 모여 열린 사고를 하기에 가능한 일이었을 겁니다. 우리가 잘 아는, 전 세계적으로 폭발적 반응을 일으킨 애플 사의 아이폰이 그 주인공입니다. 고정관념에 사로잡혀 있었던 기업들은 결국 미국의 상상력 가득한 기업들에 삽시간에 추월당하고 말았습니다.

그렇다고 미국식 발상이 모든 면에서 뛰어난 것은 아닙니다. 우리에겐 우리만의 강점이 있습니다. 이젠 그런 장점이 무엇인지 생각하고 주목해야 할 때가 되었습니다.

경쟁에서 살아남으려면 다른 나라나 회사를 따라해서는 절대 이길 수 없습니다.

사물에는 앞뒤 양면이 있게 마련입니다. 어느 한쪽만을 바라봐서는 안 됩니다. 사물 자체를 바꾸려 하지 말고 자신의 관점을 바꿔보세요. 다른 나라의 좋은 면만 바라보지 말고 뒷면에 도사린 위험에도 주목하세요. 우리에게 없는 면만 바라보지 말고 우리가 본래 가지고 있는 특성에도 주목해야 합니다. 이는 남과 비교하지 말라는 불교식 발상이기도 합니다.

세계화란, 그리고 미래란 결국 내 나라와 우리를 재평가하는 과정입니다.

사람들에게
더 인정받고 싶어요.

먼저 남을 인정해주세요.

사람은 누구나 칭찬받기를 좋아합니다. 칭찬받고 기분 나쁜 사람은 거의 없습니다.

그런데 주변 사람에게 인정과 칭찬을 받고 싶으면 나부터 먼저 상대방을 인정해야 합니다. 남을 헐뜯기만 하면서 모두에게 인정받고 싶어한다면 어불성설입니다. 남을 칭찬하고 인정해주는 말은 마치 공을 주고받는 것처럼 칭찬한 사람에게 다시 되돌아온답니다.

"이런 점이 참 대단하신 것 같아요. 닮고 싶습니다."

상대방에게 이렇게 말하면

"아닙니다. ○○ 씨야말로 대단하세요."

라는 말이 분명히 돌아옵니다. 왠지 오글거리는 면도 있지만, 사실 인간관계에서 서로 인정하고 칭찬해주는 것은 중요합니다.

상대방에게 대단하다는 말을 들으면 기분이 좋아져서 상대방을 칭찬하고 싶어집니다. 그러면 칭찬받은 사람 역시 상대방의 좋은 점을 찾게 되지요. 상대방의 장점을 찾는 행위는 서로의 장점을 서로가 찾아주는 행위이기도 하며, 나 자신에 대해 새로운 발견을 할 기회이기도 합니다.

그래서 장점 찾기는 정말 중요합니다.

앞에서도 언급했지만 저는 전통 일본식 정원을 디자인하는 정원 디자이너로도 활동하고 있습니다. 저는 작업하면서 나무나 돌을 인위적으로 가공하는 일은 하지 않습니다.

자연의 모든 것은 자연에 있었을 때의 모습 그대로 정원에 배치합니다. 형태나 크기가 제각각인 소재의 개성을 잘 파악해서 그 소재가 가장 돋보일 수 있도록 배치하지요.

이때 각 소재의 좋은 부분을 발견해내는 작업을 두고 저는 나무의 마음을 읽는다木心, 돌의 느낌을 이해한다石心라고 합니다.

이는 인간관계에도 그대로 적용 가능합니다. 인간은 누구나 자기 나름의 개성이 있습니다. 개성을 가진 인간은 서로 비교할 수 없습니다. 그 자체로 빛나기 때문이지요.

그 빛을 제대로 발견해주고, 그 부분을 칭찬해주세요. 서로 다른 빛을 내고 있는 서로를 서로가 칭찬해주세요. 그래야 모두가 나름의 장점을 최대로 발휘하며 살아갈 수 있습니다. 물론 사람에게는 단점도 있습니다. 당연합니다. 하지만 단점 뒷면에는 반드시 장점이 숨어 있답니다.

상대방의 개성은 절대 바꿀 수 없습니다. 섣불리 바꾸려 들었다가 상대방에게 인격적인 상처를 줄지도 모릅니다. 있는 그대로의 모습으로 서로를 인정해주는 관계를 만들어나가세요.

그러려면 남을 칭찬해주는 사람이 되어야 합니다.

칭찬을 잘하면 내 주변에 있는 사람을 빛나게 할 수 있습니다. 이는 약간의 노력으로도 가능합니다. 부하들에게 건네는 말 한마디로도 말입니다.

"요즘 참 열심히 일하는군", "지난번에는 정말 훌륭했어"와 같은 칭찬을 상사에게 들으면 부하들은 '부장님이 나를 관심 있게 보고 계시는구나. 그래! 더 열심히 해야겠다'라고 생각하겠지요.

아이를 키울 때도 마찬가지입니다. 아이를 칭찬하는 것은 아이의 마음을 받아주는 것과 똑같기 때문입니다.

때로는 호되게 혼내는 것도 중요합니다. 하지만 혼내는 말로 끝내서는 안 됩니다.

"넌 안 돼"라는 한마디만 툭 던져놓고는 그 뒤에 이어지는 말이 없으면 더 나아질 수 있는 기회를 박탈한 것이나 다름없습니다. 좋은지 나쁜지 결과에 대해서만 언급하거나 부족한 점에 대해서만 지적합니다. 인간관계에 온기를 불어넣으려면 좀 더 상대방의 좋은 점을 바라보세요.

타인의 장점을 찾아내는 행위는 바로 나 자신의 장점을 살펴보는 것과 같습니다.

저만의 재능이 있긴 한 걸까요.

재능은 누구에게나 있습니다.

우리는 자신의 주변에서, 방송을 통해, 신문기사에서 눈부신 재능을 발휘하며 활약하는 사람들을 자주 접합니다. 그리고 그런 사람들을 속으로 부러워하고 질투하는 사람도 많습니다. "어차피 나한텐 저런 재능은 없으니까"라고 한탄합니다. 이렇게 불평만 하는 사람들을 볼 때마다 저는 참 안타까운 마음이 듭니다. 처음부터 훌륭한 재능을 가지고 태어나는 사람은 아무도 없기 때문입니다.

물론 선천적으로 신체조건이 뛰어난 사람이 있긴 합니다. 하지만 그런 사람조차도 모두 운동선수가 되는 것은 아닙니다. 그중에서도 운동이 좋아서 날마다 강해지기 위해 열심히 노력하는 사람만이 최고의 자리에 오를 수 있습니다.

즉 재능은 스스로의 노력으로 얼마든지 꽃피울 수 있습니다.

달리 말하면 재능은 모든 사람에게 주어집니다. 이를 깨닫고 오랜 세월 노력하면 비로소 하나의 재능이 꽃으로 피어납니다. 이를 깨닫지 못하거나 도중에 포기해버리면 모처럼의 재능이 물거품이 돼버리지요.

그러므로 내 안에 잠자고 있는 재능을 믿는 것이 중요합니다. 그리고 자신의 재능을 남의 재능과 비교하지 않길 바랍니다. 쓸데없이 비교하면 자꾸 비참해집니다. 리오넬 메시와 자신을 비교한들 무슨 소용이 있을까요? 스티브 잡스와 비교한들 달라지는 게 있나요? 좋아하고 존경하는 인물로부터 배움을 얻는 것은 중요하지만 그들의 삶을 그대로 따라하지는 마시기 바랍니다. 남의 인생을 뒤쫓지 말고 내 길을 걸어가세요.

재능을 꽃피울 수 있는 유일한 방법은 꾸준히 자신의 일을 지속하는 것입니다.

면벽구년面壁九年이라는 말이 있습니다. 선종禪宗의 시조인 달마대사達磨大師는 중국 소림사에서 오로지 벽만 바라보며 9년간 좌선했다고 합니다. 그 결과 선종을 꽃피울 수 있었습니다. '지속이 곧 힘'이란 말의 대표적인 사례지요.

우리 사회에서는 다양한 분야에서 인간문화재로 지정된 사람들이 있습니다. 가구만 50년째 만들어온 장인匠人, 비가 오나 눈이 오나 오로지 흙만 만져온 도예가, 아흔의 나이를 넘어서도 여전히 춤을 추고 있는 무용가 등을 보면서 이들은 재능을 타고난 사람들이라고 평가합니다.

그러나 당사자들은 하나같이 이렇게 말합니다.

"저는 재능을 타고나지 않았습니다. 단지 이 일이 좋아서 오랫동

안 계속 하다 보니 어느새 인간문화재가 되었을 뿐이지요. 이 일 말고는 할 줄 아는 게 하나도 없어요."

이 한마디에 재능의 실체가 담겨져 있습니다. 그들에게 공통점이 있다면, 바로 자신에게 주어진 길을 한 치의 주저함 없이 계속 걸어왔다는 것입니다.

물론 회사에서는 매일같이 성과를 요구합니다. 하기 싫은 일을 해야만 하고, 별 볼 일 없는 상사에게 무능하다는 말을 들을지도 모릅니다. 그 정도의 일로 낙심하셨나요? 근본적으로 자신의 능력을 믿지 못하기 때문에 그렇습니다.

진지한 믿음을 바탕으로 자신의 길을 걸어가며 노력을 거듭하는 사람에 대해 주변 사람들은 결국 당신을 인정할 수밖에 없습니다. 그리고 그런 자세는 언젠가 반드시 좋은 결과를 낳는다고 저는 믿습니다. 벽을 두고 하염없이 좌선을 하던 달마대사가 선종의 시조가 될 수 있었던 것처럼 말이지요.

매사에 늘 자신이 없어요.

어제보다 오늘 성장해 있다면
그것만으로도 충분히 훌륭해요.

자신감에는 두 종류가 있습니다.

하나는 구체적으로 뭔가를 할 수 있다는 자신감입니다. 운동에 자신이 있다, 영어 하나는 자신 있다와 같은 자신감은 꾸준히 노력해서 작은 성공의 경험을 쌓아나가면 쉽게 만들 수 있습니다. 바꿔 말하면 이런 자신감은 노력하면 누구나 쉽게 만들 수 있다는 소립니다.

"업무에 자신이 없다", "대인관계에 자신이 없다"고 하는 이들이 있는데, 이는 노력이 부족하기 때문에 그렇습니다. 업무에 자신이 없다고 한탄하지 말고 한 번쯤 최선을 다해보세요. 남과 비교하지 말고 1년 전의 자신과 비교해보세요. 열심히 노력했다면 1년 동안 분명히 성장해 있을 겁니다.

지난 달에는 못 했던 일을 오늘 해냈나요? 사소한 일이라도 어제보다 오늘의 내가 성장해 있음을 느낄 수 있다면 그것만으로도 충분히 훌륭합니다. 내가 하루하루 열심히 살고 있다는 증거니까요.

내일의 나, 미래의 나를 위해 노력을 거듭한다면 사람은 반드시 발전할 수 있으며, 그 깊이 또한 더해집니다. 하나도 변하지 않았다는 것은 노력하지 않았다는 말과 같습니다.

대인관계에 자신이 없다고요? 그럼 일단 상대의 말을 경청해주는 것을 목표로 삼아보시기 바랍니다. 자기 주장을 삼가고 상대방 마음을 이해하려고 노력해보세요. 말하기 전에 한 번 더 생각하고 미소와 배려하는 말로 사람을 대한다면 반드시 인간관계는 잘 풀리게 되어 있습니다.

이처럼 뭔가를 할 수 있다는 자신감은 스스로의 힘으로 만들어나갈 수 있습니다.

자신감은 한자 그대로 자기自를 믿는 것信입니다.

지금 내가 속한 직장은 내가 있어야 할 곳이며, 지금 내가 하는 업무는 내가 해내야 할 업무라고 믿으면 됩니다. 즉 지금 나의 내 모든 면을 긍정하고 눈앞의 일에만 집중하는 것이지요. 이것이 또 다른 자신감의 원천이 됩니다.

20대에는 적성과 능력 사이에서 마음이 갈팡질팡할 수 있습니다.

내가 하고 싶은 일이 정말 이걸까?

진정 이 회사에 내 열정을 바쳐도 되는 걸까?

혹시 다른 길이 있는 건 아닐까?

이런 갈등이 파도처럼 밀려오기도 합니다.

하지만 30대, 40대라면 한가로이 고민만 하고 있을 때가 아닙니

다. 더 이상 철없는 소리는 그만하고 마음을 다잡아야 할 때입니다. 지금 하는 일이 100퍼센트 나에게 맞지 않는다고요? 100퍼센트 맞는 사람은 극소수입니다. 대부분의 사람들이 현실에 불만을 안고 있습니다. 그렇다고 그들이 완전히 안 맞는 일을 하고 있는 것도 아닙니다.

100퍼센트까지는 아니더라도 맞겠다는 생각이 약간이라도 들었기 때문에 지금의 일이나 회사를 선택한 것이지요. 입사한 날의 두근거림을 떠올려 보세요. 자, 지금 마음을 다잡고 지금 해야 할 일에 최선을 다하세요.

이 길이 내가 가야 할 길이라고 스스로 믿고 열심히 노력하세요.

인생은 선택의 연속입니다. 하나를 선택하면 다른 것은 포기해야 합니다. 동시에 모두를 취할 수는 없습니다. 취하지 못한 것에 대해 언제까지 미련을 두며 살지 마시기 바랍니다.

지금 내가 서 있는 여기, 이곳이 내가 살아야 할 장소입니다. 지금 하는 일, 그것이 내가 해야 할 일입니다. 그 사실을 일단 믿으세요. 그리고 갈등하지 말고 마음을 다잡으세요. 자신을 믿으세요.

왜 사는 걸까요?
존재에 대해 고민하기 시작했습니다.

'나'는 결국 어디에선가 와서
어디로 가는 존재일 뿐입니다.

나는 도대체 누구일까? 내가 존재하는 이유는 무엇일까? 사람이라면 누구나 이런 의문을 가지는 순간이 옵니다. 이런 의문은 사실 먼 옛날부터 인간들이 꾸준히 질문해 온 것이기도 합니다. 이 의문에 대해 떠오르는 답은 사람마다 다를 것입니다. 많은 철학자들도 각자의 해답을 제시했지요. 하지만 진리라고 말할 수 있는 명확한 정답은 누구도 제시하지 못했습니다. 아마도 영원히 정답은 찾지 못할 것입니다.

여기서는 '나는 누구인가'에 대한 답을 제시하기 전에 우선 근원이 되는 생명에 대해 생각해보고자 합니다. 생명이란 대체 무엇일까요?

흔히 사람들은 자신의 생명을 내 것이라고 생각합니다.

가령 술을 좋아하는 사람에게 "술을 너무 드시지 마세요"라고 말하면 "내 몸인데 무슨 상관이야"라는 대답이 돌아올 때가 있습니다. 내 목숨이니 내 마음대로 하겠다는 생각으로 그런 말을 합니다. 그런 사고방식의 가장 극단적인 선택에 자살이 있습니다. 이런 생각은 크게 잘못된 것입니다.

내 몸이라고 말하는 사람에겐 이렇게 묻고 싶습니다. 그럼 손과 발, 심장과 폐를 내가 직접 만들어냈나요?

내 몸은 부모님으로부터 받은 것입니다. 부모님이 계시고, 조부모님이 계시고, 그 위에는 만나본 적도 없는 조상들이 계십니다. 이들로부터 대대로 물려받은 몸이라는 사실을 잊어서는 안 됩니다.

또 묻겠습니다. 지금 이 순간에도 열심히 움직이는 심장과 폐를 내가 직접 조절하고 있나요?

아닙니다. 내가 신경 쓰지 않아도 몸 안의 장기들은 나를 살아 움직이게 하려고 쉬지 않고 일합니다. 우리는 스스로의 힘으로 살고 있는 게 아닙니다. 커다란 생명력이 우리를 살게 하고 있지요.

생명은 우리에게 주어진 것입니다. 지금의 나에서 10대代를 거슬러 올라가보면 1,024명의 조상이 있습니다. 20대를 거슬러 올라가보면 조상의 숫자는 100만 명이 넘습니다. 만약 그중에 한 명이라도 자신의 목숨을 스스로 포기한 사람이 있었다면 지금의 나는 존재할 수 없습니다. 그렇게 생각하면 지금의 나는 그야말로 기적적으로 태어난 존재이지요.

불교에서는 생명을 부처님에게서 잠시 빌린 것이라고 생각합니다. 부처님께서 맡긴 내 생명을 소중히 여기며 산 다음 다시 부처님께 돌려드리는 것이 바로 인생이라는 과정입니다.

무언가를 잠시 빌리면 당연히 소중히 사용해야 합니다. 정성스럽게 다루어야 합니다. 빌린 물건을 너덜너덜하게 사용해서 돌려줄 수는 없지요. 목숨도 이와 같습니다. 언젠가 부처님께 돌려드려야 하므로 그때까지 잘 간수해야 합니다. 이런 의식이 생기면 내 몸을 좀 더 아끼게 되고 함부로 다룰 수 없게 됩니다.

또 자신이 무가치하게 느껴진다면 자신이 죽고 난 다음을 생각해 보시길 바랍니다.

부처님께 빌린 목숨은 언젠가 반드시 돌려줘야 할 때가 찾아옵니다. 길어봤자 몇십 년밖에 빌릴 수 없습니다. 그러므로 하루하루를 소중히 여기시기 바랍니다.

"아, 오늘도 나에게 생명을 허락하셨구나."

이렇게 감사하고 살면 됩니다.

이런 매일이 쌓이면 인생이 풍요로워집니다.

회의가 코앞인데
좋은 기획이 떠오르지 않아요.

아주 조금만
시선을 밖으로 돌려보세요.

“신제품을 기획하라는데 아이디어가 떠오르지 않는다”, “내일까지 기획안을 제출해야 하는데 아무 생각도 나지 않는다.” 누구에게나 이렇게 궁지에 몰린 경험이 있을 것입니다. 아이디어를 만들어내야 한다는 강박에 사로잡혀 있기 때문에 그렇습니다.

무엇을 위한 기획인지, 그리고 이 기획이 사회에 어떤 도움이 될 수 있는지와 같은 본래의 목적을 상실한 채 단지 아이디어를 만들어낼 생각에만 사로잡혀 있기 때문입니다. 뭔가에 완전히 홀려 있는 것과 똑같습니다.

이렇게 되면 머리는 서서히 마비되기 시작합니다. 이런 상태로는 아무리 생각해도 좋은 아이디어나 실마리가 떠오르지 않습니다.

이럴 때는 아주 조금만 시선을 바깥으로 돌려보세요. 컴퓨터 모니터에서 눈을 떼어 주변을 둘러보고, 창문을 열어서 하늘의 변화를 살펴보세요. 바깥 풍경을 바라보니 어떤 기분이 드시나요. 그 감정을 소중히 하면 됩니다.

이렇게 바깥 풍경에 눈길을 돌리는 것만으로도 마비된 감각이 서서히 회복됩니다.

아이디어의 첫 단추와 번뜩임의 씨앗은 사실 여러분의 주변에 널려 있답니다. 변화가 일어나는 사물이나 자연에 시선을 돌리기만 해도 그 씨앗을 발견할 수 있지요. 머릿속으로 이 궁리 저 궁리 해봐도 잘 풀리지 않을 때는 바깥이나 다른 사물에 시선을 돌려보는 것이 중요합니다.

한 가지 일에만 너무 몰두하게 되면 사람은 마치 그것이 전부인 마냥 생각하기 쉽습니다. 그런 상태는 매우 위험합니다.

가령 좋은 아이디어가 떠오르지 않네, 만약 오늘 안에 생각해내지 못하면 내일 회의에서 엄청 깨질 텐데, 그러다 사내 평가가 떨어지면 해고당할지도 몰라, 요즘 세상에 해고당하면 재취업하기 힘들 텐데, 그럼 우리 식구는 누가 먹여 살리지? 온 가족이 뿔뿔이 흩어져 살면 어쩌나….

이렇게 꼬리에 꼬리를 물어 생각하다 보면 결국 파국적인 결말까지 떠오르게 됩니다.

하지만 냉정하게 생각해보세요. 단지 새로운 아이디어가 떠오르지 않을 뿐인데 왜 온 가족이 뿔뿔이 흩어져 살게 되나요? 코미디도 이런 코미디가 없습니다. 그런데 정작 당사자는 심각하게 출구 없는 터널 속을 방황하다가 결국 절망의 구렁텅이에 빠져버립니다.

이럴 때는 한밤중에 외길을 걷고 있다고 상상해보시기 바랍니다. 사방이 암흑에 둘러싸여 무엇 하나 보이지 않습니다. 출구는 어디에도 없을 듯합니다. 목도 타들어오기 시작합니다. 이러다 그 자리에 쓰러질 것만 같습니다.

이때 무심코 발밑을 바라봅니다. 발끝에 비춰진 달빛이 생각보다 밝습니다. 문득 보니 시냇물도 가까이 흐르고 있어요. 잠시 목을 축이며 휴식을 취합니다. 그러다 서서히 기운을 차리고 다시 걸을 수 있게 됩니다. 이윽고 밝은 빛이 저 멀리 보이기 시작합니다.

일뿐만이 아닙니다. 인생도 똑같습니다.

아이디어가 떠오르지 않는 암흑과 같은 상황에서는 아무리 걸어도 출구가 보이지 않기 마련입니다. 이럴 때는 뚫어져라 한 점만 바라보지 말고 주변에 눈길을 돌려보세요. 그곳에는 분명 새로운 발상으로 이어지는 씨앗들과 절망을 위로해주는 시냇물이 있답니다.

그러므로 아이디어 자체에 집착하지 마세요. 처음부터 아이디어의 핵심을 찾으려 하지 말고 먼저 아이디어의 꼬리부터 잡을 생각을 하세요. 가벼운 마음으로 임하는 것이 중요합니다.

사내에서의 평판이 신경 쓰입니다.

그 평가가 나의 전부는 아닙니다.

"열심히 하는 데도 상사한테 좋은 평가를 못 받는다", "입사 동기들보다 승진이 늦다, 어쩌지?" 이런 초조함이 나중에는 마음의 큰 부담으로 다가옵니다.

그렇다면 묻겠습니다.

왜 좋은 평가를 받고 싶은가요?

"승진하고 싶으니까요."

왜 승진하고 싶은가요?

"연봉이 오르니까요."

왜 그토록 돈이 벌고 싶은가요?

"원하는 것을 다 살 수 있으니까요."

그럼 원하는 것을 다 살 수 있게 되면 행복한가요?

"아마 그럴 것 같아요."

그게 사실이라면 당신은 원하는 것을 다 사기 위해서 좋은 평가를 받고 싶은 건가요?

"…."

이렇게 선문답 형식으로 스스로에게 질문을 던져보시기 바랍니다. 사실 정답은 없습니다. 사람마다 답이 모두 다르니까요. 하지만 자신이 어떤 답을 원하는지 알게 되면 지금과 또 다른 것이 보이기 시작합니다.

일하는 이상 좋은 평가를 받고 싶은 건 인지상정입니다. 왜냐하면 개인의 존재감을 확실히 느낄 수 있기 때문이지요. 그럼 왜 사람은 평가로 고민하는 걸까요? 한 가지 평가에만 집착하기 때문에 그렇습니다.

사회에서 살아가는 한, 인간은 많은 사람들로부터 평가를 받게 됩니다. 직속 상사로부터 받는 평가는 나쁘더라도 타 부서 선배가 하는 평가는 좋을 수도 있습니다. 사내 승진은 늦더라도 거래처에서의 평가는 좋을 수도 있지요.

평가는 꼭 업무에서만 받는 것도 아닙니다. 친구들로부터 받는 평가도 있고, 연인으로부터 받는 평가도 있습니다. 나에 대한 부모나 가족들의 평가에는 이해타산이 전혀 없습니다. 부모라면 자식이 열심히 일에 매진하는 모습을 보고 아마 이렇게 생각할 겁니다. '출세는 못해도 괜찮아. 열심히 일하는 것만으로도 자랑스럽구나. 즐겁게, 그리고 그저 건강하게만 살아다오.'

'나에 대한 평가는 오직 업무에서의 평가'라는 단순화된 도식에서 벗어나시기 바랍니다.

업무에 대한 평가뿐만 아니라 상냥함이나 배려와 같은 마음씀씀이, 경청을 잘한다거나 유머러스하다 등의 여러 요소에 대한 평가들이 모여서 '나'라는 사람이 만들어지기 때문입니다

그렇게 생각하는 건 현실 도피에 불과하다고 말하는 사람도 있습니다. 직장인인데 당연히 사내 평가가 전부일 수밖에 없다는 것이지요.

하지만 저는 다양한 평가에 눈을 돌리는 것이 회피라고 생각하지 않습니다. 그건 회피가 아니라 나라는 사람을 좀 더 넓은 시야로 바라보는 것이라고 생각하기 때문입니다.

회사에서의 평가가 자꾸 신경 쓰인다면 조금만 시선을 바깥으로 돌려보세요. 주말에는 업무에서 완전히 벗어나 좋아하는 일에 흠뻑 빠져보는 것도 좋습니다.

낚시를 좋아한다면 '월척하셨네요'라는 동료 낚시꾼들의 축하인사를 받고, 집에서 기다리는 가족들에게 잡은 물고기를 가져다줄 수 있습니다. 평소 자원봉사를 한다면 "고마워요"라는 감사의 말에 보람을 느낄 수도 있습니다. 이렇게 업무 외에서의 소소한 평가들에 대해서도 나 스스로 가치를 부여할 때 마음에 여유가 생깁니다.

일이나 회사에서의 평가는 내 모든 인격을 대변하는 것이 아니라 나의 극히 일부분에 지나지 않습니다.

사회적으로는 잘나가는데
전혀 행복하지 않아요.

주변 사람들의 마음이 보이나요?

회사라는 환경 속에서 열심히 일을 하고, 주어진 업무를 처리하고, 남보다 더 많은 성과를 내면 높은 연봉을 받게 됩니다. 하지만 일을 잘하면 할수록 능력에 대한 자만심이 싹트게 마련입니다.

'나는 내 능력만 가지고도 충분히 살 수 있어.' '남의 도움 따윈 필요 없어.' '연봉이 높은 건 순전히 내 능력이 뛰어나기 때문이야.' 이렇게 생각하기 쉽습니다. 하지만 이런 생각이 들면 들수록 행복은 내게서 점점 멀어져갑니다.

세상에 내 능력만으로 할 수 있는 일은 없습니다. 혼자의 힘으로 일을 해내기란 절대 불가능합니다. 가령 새로운 제품을 개발했다고 합시다. 아이디어가 훌륭하니까 가능했겠지만 제품을 실제 모양으로 만들어내는 사람이 없었다면 상품이 완성될 수 없었겠지요.

상품이 완성된다 하더라도 이를 열심히 팔아주는 사람이 없다면 성공할 수 없습니다. 게다가 이를 구매해주는 소비자들이 있기에 회사가 성립되고 인기상품이 될 수 있지요.

그걸 누가 모르냐고요? 물론 다 알겠지요. 하지만 다 아는 데도 마치 나 혼자의 힘으로 모든 일을 이루어낸 것 같은 자만심이 올라옵니다. 왜 그럴까요? 세상은 눈에 보이는 결과만을 평가하므로 신제품을 개발해낸 사람만이 높은 평가를 받아 마땅하다고 믿기 때문입니다. 개발자의 주변에서 열심히 지원해준 사람들은 평가의 대상이 될 수 없다고 생각하는 것이지요.

개발에 필요한 자료를 수집하거나 회의 때마다 복사물을 준비하거나 일이 막혀 개발자가 힘들어할 때 옆에서 격려하는 등 여러 방면에서 도움을 준 사람들이 분명히 있었을 텐데, 이런 사람들을 제대로 평가해주지 않는 사회적 분위기가 있습니다. 이렇게 주변의 지원자들이 제대로 평가받지 못하기 때문에 눈에 보이는 실적을 낸 사람들에게만 시선이 집중됩니다. 결과적으로 콧대 높고 자만심 가득한 사람들만 계속 남게 되는 것이지요.

우리 사회가 이렇게 되어버린 배경에는 역시 교육에 문제가 있다고 저는 생각합니다. 우리는 어릴 때부터 성적이 좋아야 칭찬받습니다. 마음씨 착하고 몸이 건강하더라도 만약 성적이 나쁘면 칭찬받지 못합니다. 성적이 좋으면 착한 아이, 성적이 나쁘면 나쁜 아이라는 이상한 공식이 성립되어버린 것이지요.

하지만 제 관점에서 보면 이는 명백한 차별입니다. 왜냐하면 성적이라는 잣대로만 사람을 평가하고 있기 때문입니다. 열 명의 아이가 있으면 열 가지의 개성과 능력이 있는 법입니다.

공부는 못하지만 운동을 잘하는 친구도 있습니다. 공부도 운동도 별로 잘하지 못하지만 심성만큼은 아주 고운 친구도 있습니다. 진정한 평등이란 이처럼 각자가 가지고 있는 장점에 주목하여 이를 발전시켜주는 게 아닐까요?

이를 자신에게도 똑같이 적용시켜보세요.

눈에 보이는 성과만 고집하는 것은 그야말로 세상을 불평등한 시각으로 바라보는 것입니다. 회사 입장에서야 당연히 성과를 내는 게 중요하지요. 하지만 눈에 보이는 성과만이 세상의 전부인 것 마냥 생각해선 안 됩니다.

성과를 내는 게 삶의 전부는 아닙니다. 이 사실에 좀 더 주의를 기울이는 건 어떨까요. 일뿐만 아니라 내면의 깊이와 넓이도 더해질 테니까요.

3장

내 방식만을 고집하지 말아요

해결하는 방법은 무한합니다

직장에서의 인간관계가
너무 어렵습니다.

내 생각도 남의 생각도 모두 옳답니다.
정답은 하나만 있는 게 아니니까요.

"직장에서의 인간관계가 껄끄럽다", "이기기 위해 상대에 대한 방해 공작도 서슴지 않는 경우가 있다" 요즘 이런 불만들을 자주 듣습니다.

예전에 직장동료는 가족과 같은 존재였지요. 서로가 서로를 도우며 일했습니다. 업무 외의 개인적인 일도 터놓고 얘기했었지요. 인생의 많은 시간을 함께하기 때문에 자연스럽게 신뢰관계가 형성되어 있었습니다.

그런데 기업들이 미국식 경영기법을 적용한 이후부터였을까요. 성과주의와 연봉제를 도입하면서 사람들은 서로의 것을 더 탐내기 시작한 것 같습니다. 성과를 낸 사원은 높은 연봉을 받고 그렇지 않은 사원의 연봉은 삭감되기 시작했습니다. 열심히 일하면 일할수록 소득에 반영이 됩니다. 언뜻 보기에는 매우 희망적으로 보이지만 사실 힘든 지점이 있습니다. 자연스레 승리자와 패배자라는 말을 쓰게 되고 직장에서의 인간관계가 껄끄러워지기 시작했습니다.

누구나 이기고 싶어하지요. 그러니 고급정보는 동료라 해도 절대 공유하지 않습니다. 혼자 독차지해서 자기만 이기려고 합니다.

'백지장도 맞들면 낫다'라는 속담이 있습니다. 하지만 이제는 의미 없는 말처럼 보입니다. 자기 혼자서 성과를 독점하려 하는 사람이 너무 많습니다. 그러다 보니 이제는 동료에게도 진심을 터놓을 수 없습니다. 주변에 사람들이 많아도 늘 혼자인 것 같은 외로움에 사로잡힙니다. 그 스트레스는 엄청나지요. 관계가 껄끄러우니 대화도 까칠해집니다. 같이 일을 하면서도 자기 생각과 방법만을 고수합니다. 서로 자기 주장이 강하다 보니 부딪치는 것은 당연합니다.

자신의 생각을 주장하지 말라는 것이 아닙니다. 부딪치지 않으면서도 자기 주장을 제대로 하는 것이 중요합니다.

불교에는 여시如是라는 말이 있습니다. 선문답에서 자주 쓰이는 말입니다. 이 말의 뜻은 '정말 그렇다'입니다. "당신이 하는 말은 정말 그런 것 같습니다"라고 한 번 긍정하는 것이지요.

먼저 상대방의 주장을 받아들이세요. 바로 반박하거나 거부하지 말고, 일단은 상대방 생각을 인정해보는 것이 중요합니다. 그 다음에 자신의 생각을 전합니다. 상대측에서는 먼저 자기 말을 수용해주었기 때문에 순순히 이쪽 생각도 들으려고 할 것입니다. 적어도 시비를 거는 말은 하지 않을 것입니다.

다른 사람들과 일을 할 때 의견과 생각에 차이가 생기는 것은 당연합니다. 의견 충돌 없이 어떻게 서로의 장점을 잘 끄집어낼 것인가를 생각해야 합니다. 내 방식만 옳고 이 방법밖에 없다, 과연 그럴까요?

모두가 인정하는 정답이 있다면 아마 의견 충돌은 일어나지 않겠지요. 충돌이 생긴다는 것은 둘 다 정답이 아니라는 뜻입니다. 그러므로 서로 좋은 부분을 맞춰나가야 합니다. 상대방이 하는 말에 대해 즉시 거부반응을 보이지 말고 일단은 상대방의 말을 수용해보세요.

"그 의견도 일리가 있네요. 그쪽 방식이 맞을지도 몰라요. 하지만 제 생각은 이렇습니다."

이런 식으로 의견이 오간다면 직장에서의 껄끄러운 인간관계가 술술 풀리기 시작합니다.

부디 '여시'의 마음을 잊지 마시기 바랍니다.

일 잘하는 비결을 알고 싶어요.

목적지에 도달하는 방법은 많습니다.
천천히 자기만의 속도로 걸어가세요.

큰 성과를 내거나 성공을 거둔 사람을 볼 때마다 어쩔 수 없이 부러운 마음이 들지요. 나도 저렇게 되고 싶다는 마음에 그들의 방식을 따라해보려고 합니다. 그들은 어떻게 성공할 수 있었을까? 이와 관련해 시중에 이미 많은 책들이 나와 있습니다.

물론 좋은 점을 적극적으로 받아들이는 것은 나쁘지 않습니다. 하지만 단순히 따라하는 것은 별로 권장할 만한 일은 아닌 것 같습니다.

십인십색十人十色이라는 말처럼 사람에게는 각자 잘하는 것과 못하는 것이 있습니다. 말주변이 뛰어난 사람이 있는가 하면 혼자 조용히 일하는 것을 좋아하는 사람도 있습니다. 어느 것이 좋고 어느 것이 나쁘다가 아니라, 각자 나름의 장점이 있습니다.

불교에서의 기본 개념은 남과 비교하지 않으며, 사람은 누구나 뛰어난 재능을 가지고 있다는 데 있습니다. 성공에 이르는 길과 결과를 내기까지의 과정, 그 접근방법은 무수히 많답니다. 어느 길이든지 꾸준히 노력하면 반드시 목적지에 도달할 수 있습니다.

남의 뒷모습만 뒤쫓아봐야 소용없어요. 급히 달릴 필요도 없습니다. 자기 속도에 맞춰 걸어가시면 됩니다.

꽤 오래전의 이야기입니다. 지하철로 이동하는 도중 제 옆에 한 직장인이 앉았습니다. 무거운 가방을 든 걸 보아, 영업직 사원인 것 같았습니다. 그는 자리에 앉자마자 가방에서 엽서 다발을 꺼내더니 명함을 보면서 주소를 쓰기 시작했습니다. 그러고 뭔가 열심히 글을 써내려갔습니다.

저는 옆자리에 앉았기 때문에 내용을 훤히 다 볼 수 있었지요. 무심코 보니 '어제는 3년 만에 눈이 내렸네요. 감기 조심하세요'와 같은 일상적인 안부 인사였습니다. 영업과 관련된 내용은 하나도 없었습니다. 만년필로 정성스레 한 자씩 꾹꾹 눌러 적는 그 글씨 안에 열정과 따뜻함이 묻어났습니다. 그 엽서는 받아보는 사람들의 마음에 분명히 좋은 인상으로 각인되겠지요. 당장 거래는 성사되지 않더라도 어떤 계기가 생기면 그를 떠올릴 것입니다.

그 남성은 말주변이 없었는지도 모릅니다.

나는 말을 잘 못해, 그러니까 부족함을 보완할 수 있는 무기를 만들어내야 해. 그런 생각을 하다가 문득 자신이 글을 잘 쓴다는 사실이 떠올랐을지도 모릅니다. 달변가인 영업사원은 이런 생각을 할 필요가 없겠지요. 결과적으로 글을 쓰는 영업사원은 자신의 부족함을 보완해주는 아주 훌륭한 무기를 찾아낸 셈입니다.

누구에게나 부족한 점이 있습니다. 콤플렉스가 없는 사람도 없지요. 하지만 그 뒷면에는 재능이 숨어 있습니다. 자신의 능력도 분명히 어디엔가 숨어 있고 그 장점을 발휘할 수 있는 기회도 분명히 있습니다. 이를 열심히 찾아낸다면 부족함을 보완해줄 무기를 손에 쥘 수 있습니다. 누군가를 흉내 낼 것이 아니라 나만이 할 수 있는 것을 찾아내어 거기에 온 마음을 다하시기 바랍니다.

앞서 말한 당나라의 조주종심 스님은 '대도통장안大道通長安'이라는 말을 남겼습니다. 어느 길로 가든 모든 길은 장안수도으로 통한다는 뜻이지요. 행복이나 성공도 이와 똑같습니다.

성공에 이르는 길은 여러 갈래입니다. 그 중에 내가 걸어야 할 길을 찾아서, 그저 묵묵히 걸으세요. 누구나 성공에 이를 수 있답니다.

중요한 것은 내가 가야 할 길을 찾아내어 그 길을 계속 걸어가는 것입니다.

잘못을 인정하는 게
왜 이렇게 어려운가요.

사과를 하면 감정을 정리할 수 있습니다.
사과를 해야 앞으로 나갈 수 있습니다.

자신이 실수하거나 잘못했을 때 솔직하게 사과할 줄 아는 사람들이 점점 줄고 있는 것 같습니다.

잘못을 저질렀다는 걸 알면서도 대부분의 사람들은 잘못을 인정하지 않고 먼저 변명하느라 바쁩니다. 남을 탓하거나 상황을 탓하면서 어떻게든 책임을 지지 않으려고 합니다. 자신의 잘못을 솔직하게 인정하지 못하는 것이지요. 어쩌면 이것은 현대인들이 가지고 있는 특성일 수도 있습니다.

자신의 잘못을 절대로 인정할 수 없고 사과도 하지 않겠다면 어쩔 수 없이 거짓말을 해야 합니다. 정말로 자기 잘못이 하나도 없다면 떳떳하게 자기주장을 밀고 나가면 됩니다.

그런데 뭔가 자기에게 조금이라도 잘못이 있기 때문에 이를 감추기 위해 거짓말을 하게 됩니다. 한 번 거짓말을 하기 시작하면 그 거짓말을 합리화시키기 위해 또 다른 거짓말을 해야 합니다. 그렇게 거짓말이 쌓이다 보면 결국에는 신용을 잃게 됩니다. 걷잡을 수 없이 사태가 악화된 뒤에 뒤늦게 후회해봤자 소용없습니다.

조금이라도 자신의 잘못이 있다면 먼저 솔직하게 사과해야 합니다. 제대로 된 사과는 매우 중요합니다. 그건 결코 상대에게 지는 것도 아니며, 잘못된 것도 아닙니다.

저는 사과란 자기 과오를 한 번 정리하고 다시 새롭게 시작할 수 있는 중요한 과정이라고 생각합니다.

실수를 저질러 상사에게 혼이 나는 상황을 가정해봅시다. 이 변명 저 변명을 늘어놓는 것보다는 솔직하게 자기 잘못을 인정하면서 "제 잘못입니다. 다시는 똑같은 실수를 반복하지 않도록 조심하겠습니다"라고 사과한다면 상사도 계속 다그치지는 않을 것입니다.

"다음부터는 조심하도록." 이렇게 서로의 관계를 정리하고 업무에 복귀할 수 있습니다. 그대로 놔두는 것보다는 이렇게 사과하는 것이 뒤끝이 남지 않습니다.

저희 승려들도 초기에는 여러 실수를 저지르곤 합니다. 그럴 때마다 스승이나 선배들로부터 호되게 꾸지람을 듣습니다. 이때 변명을 하거나 말대꾸를 했다가는 더 큰 꾸지람을 듣게 되지요. 솔직하게 사과하고 똑같은 실수를 다시는 저지르지 않도록 노력을 합니다. 이를 참회懺悔라고 하는데, 불교에서 매우 중요한 수행 중의 하나입니다.

일부러 사과를 하지 않는 사람들도 있지만, 하고 싶어도 하지 못하는 사람들도 있습니다.

달리 말하면 사과하려는 마음은 있어도 감정을 솔직하게 표현하는 것을 어려워하는 사람들이지요. 이들은 사람과 얼굴을 마주보고 말하는 것을 어려워합니다. SNS나 블로그, 메신저 등 온라인 소통 수단이 많아지면서 사람들과 대화하는 힘이 점점 떨어지는 이유도 있을 것입니다.

만약 사람과 대화하는 게 어렵다면 우선 일상생활에서 인사하는 것부터 시작해보세요. 말을 잘 못하는 사람이 어느 날 갑자기 달변가가 될 수는 없습니다. 자신에게 너무 어려운 과제를 부여하면 그 자체로도 스트레스가 됩니다. 못하는 건 못한다고 스스로 받아들이세요. 말하는 건 어렵더라도 가벼운 인사 정도는 할 수 있을 테니까요.

회사에서 누군가와 마주쳤을 때 "안녕하세요"라고 먼저 인사를 해보세요. 아니면 엘리베이터를 같이 탔을 때 "오늘 날씨가 참 좋네요"라고 말을 건네보는 것도 좋습니다.

미소 지으며 인사하는 것. 믿기 어렵겠지만 정말 사소한 인사만으로도 인간관계가 크게 변화될 수 있답니다.

불교에는 화안애어和顔愛語라는 말이 있습니다. 온화한 얼굴로 남에게 따뜻하고 자비로운 말을 건네라는 뜻입니다. 이 습관만 몸에 밴다면 처음에는 말을 잘 못해도 상관없습니다. 중요한 것은 상대

방의 눈을 바라보며 말을 건네는 습관을 몸에 익히는 것입니다. 이게 가능해지면 솔직하게 사과하는 것도 어렵지 않습니다.

솔직하게 사과하는 것은 사람을 사귀는 데 있어서 기본입니다.

존경받는 사람이 되고 싶어요.

남을 위해 살다 보면
자연스레 사람들이 따릅니다.

“저 사람은 인품이 훌륭하고 덕망이 높다.”

대화에 이런 말이 자주 등장하지요. 그런데 덕이란 대체 무엇을 뜻하는 걸까요?

우리는 예로부터 덕이라는 개념에 주목해왔습니다.

일본 불교에서는 중국 불교의 선종오가禪宗五家의 한 부류이자 임제종臨濟宗의 중흥 원조인 하쿠인 선사白隱禪師를 덕망 높은 인물로 여깁니다. 하쿠인 선사는 시즈오카靜岡에 있는 송음사松蔭寺라는 절에서 평생을 보냈습니다. 큰 절에서 모셔가겠다는 제안도 거절한 채 지위나 명예를 일절 좇지 않고 오로지 수행에만 전념했습니다.

작은 절이었음에도 송음사에는 그의 가르침을 받으려는 승려들이 많이 모여들었습니다. 이는 하쿠인 선사의 덕 때문에 가능한 일이었습니다.

수행을 한다고 모든 승려에게 덕이 생기는 것은 아니지요. 또 유명하다고 해서 모두가 그를 존경하는 것도 아닙니다. 절의 주지스님이라도 제자가 전혀 모이지 않는 경우도 허다합니다. 그러나 덕이 있는 사람의 주변에는 자연스레 사람들이 모이게 됩니다. 이는 예나 지금이나 다름이 없지요.

그럼 덕이란 도대체 무엇일까요? 결국 내 욕망을 버리고 남을 위해 희생하는 것이라고 생각합니다. 내 손익을 우선하지 않고 주변 사람에게 도움이 되는지를 먼저 생각하는 것이지요.

회사에서 일하는 도중 우연히 동료의 책상 위를 보게 되었다고 생각해보세요. 옆자리의 동료 앞에 오늘 안에는 도저히 끝날 것 같지 않은 업무들이 산더미처럼 쌓여 있습니다. 이대로 가다가는 야근을 하게 되겠지요. 과연 이럴 때 나는 하던 일을 멈추고 그 동료를 도울 수 있을까요?

혹은 누구나 기피하는 업무라도 자신이 먼저 자진해서 "제가 하겠습니다"라고 말할 수 있을까요? 누구 하나 손을 들지 않는데 "제가 할게요"라고 말하는 데는 상당한 용기가 필요합니다. 자칫 잘못하면 상사한테 잘 보이려고 저런다고 뒤에서 욕먹을 수도 있지요.

하지만 그런 시선에 신경 쓰지 마시기 바랍니다. 만약 그런 말을 듣게 된다면 "같이 하실래요?"라고 말해버리면 그만입니다. 상대방은 아마 대답을 못 할 것입니다.

주변의 잡음에 개의치 말고 어떻게 해야 남에게 도움을 줄 수 있을지를 늘 고민하시기 바랍니다. 아주 사소한 일이라도 상관없습니다. 주변 사람들로부터 고맙다는 말을 자주 듣게 되면 덕과 인품

이 쌓이고, 자연스레 자신의 위치도 올라갑니다.

부장이 되고 싶었던 건 아닌데 어쩌다 보니 사람들이 나를 부장으로 추천해줘서 승진할 수 있었다, 다른 직원을 열심히 지원하고 있었는데 어느새 남들이 나를 지원해주고 있었다. 같은 이야기는 진심일 가능성이 높습니다. 말이 생각을 지배합니다. 이처럼 결국 덕이 나를 세워줍니다.

남을 먼저 세워주면 나머지 일은 아주 순조롭게 풀린답니다. 남을 끌어내리고 올라간 자리가 아니기 때문에 질투심이나 험담이 나오지 않습니다. 처음부터 주변이 나를 응원해주었기 때문이지요. 물론 자신의 힘으로는 어찌할 수 없는 부분도 분명 있습니다. 나 아닌 다른 사람의 속을 다 알 수는 없으니까요. 상대방을 배려해서 한 행동이 모두 선의로 받아들여지는 것도 아닙니다. 선의를 상대방은 악의로 받아들일 수도 있지요. 이는 어쩔 수 없는 부분입니다.

사람의 마음은 그렇게 단순하지 않습니다. 똑같은 말과 행동인데도 때로는 선의로 받아들여지기도 하고 때로는 악의로 받아들여지기도 합니다. 그러니 하나하나에 마음 상할 필요가 없어요.

그보다는 '나는 아직 덕이 많이 부족하구나'라고 생각하는 여유로운 마음을 가지시기 바랍니다.

쉽게 멘탈이 무너지곤 합니다.

나만의 신념을 하나
만들어보는 건 어떨까요.

사람은 누구나 강인함에 끌립니다. 나보다 능력이 많은 사람을 보거나, 일이 뜻대로 안 될 때 사람은 강해지고 싶어 합니다.

그럼 강인함이란 도대체 무엇일까요?

자기 의견을 똑 부러지게 말할 수 있는 사람, 어지간한 일로는 쉽게 무너지지 않는 사람, 역경마저 극복해내는 사람 등 강인함에 대한 이미지는 보통 이런 것들입니다.

하지만 제가 생각하는 강인함은 그렇지 않습니다. 진정한 강인함은 살아가는 데 있어서 신념이 있느냐 없느냐에 달려 있습니다. '나는 이렇게 살아갈 것이다', '내가 살아가는 의미는 이것이다' 같은 신념들 말입니다. 다르게 말하면 자신이 어떻게 살아가고 있는지를 잘 알고 있는 사람이 진정으로 강인한 사람이라고 생각합니다.

그럼 신념이란 무엇일까요? 그것은 절대로 흔들리지 않는 나의 마음입니다.

예를 들어 여러분은 무엇을 위해 일하나요? 한 번 생각해 봅시다.

"돈을 벌고 싶어서요." "미래의 안정된 생활을 위해서요." "자아실현을 하고 싶어서요." 대개는 이런 대답이 돌아올 것입니다.

물론 이런 대답들도 일의 목적이기에, 한 개인의 인생으로 보면 중요한 의미를 지니고 있습니다. 이를 부정할 생각은 없습니다. 하지만 이런 목적을 과연 신념이라고 말할 수 있을까요? 미래에 대한 대비와 자아실현은 흔들리지 않는 신념이 될 수 없습니다. 왜냐하면 이것들은 항상 변하기 때문입니다.

돈을 버는 것이 유일한 신념이라고 한다면 월급이 적어지는 순간 삶의 의미는 사라져버리겠지요. 미래의 안정이라는 신념은 자연재해 앞에서 허무하게 무너지고 말 것입니다. 일을 통한 자아실현은 회사가 망하면 끝나버립니다.

진정한 의미에서의 신념은 어떤 일이 일어나더라도 절대 흔들리지 않습니다. 항상 내 인생의 근간이 되는 것이어야 합니다.

사람의 마음속에는 언제나 흔들리는 마음과 절대로 흔들리지 않는 마음이 공존합니다. 예를 들어 1년 전만 해도 이 일이 정말 하고 싶었는데 벌써 다른 일에 눈길이 갑니다. 얼마 전까지 승진에는 별로 관심이 없었는데 동료가 승진하는 모습을 보니 부러워집니다. 돈은 굶지 않을 정도만 있으면 된다고 생각했는데 요즘 들어 갑자기 갖고 싶은 것이 많아집니다. 더 넓은 집, 더 좋은 차에 눈이 갑니다. 남과 비교할 때마다 마음이 요동칩니다. 이 모든 것은 인간의 연약함 때문에 그렇습니다.

이런 연약함을 모두 없애버릴 수는 없습니다. 하지만 연약함이 불쑥 올라올 때마다 맞설 수 있게 하는 것이 바로 흔들리지 않는 신념입니다. 살아가는 데 있어서 하나의 굳은 심지를 가진다면 인생을 강인하게 살아갈 수 있고, 흔들리지 않는 자신감을 가질 수 있습니다.

그럼 굳은 심지란 과연 무엇일까요? 그것은 바로 '누군가를 행복하게 하는 것'입니다. 사람은 절대 혼자 살 수 없습니다. 많은 이들과 관계를 맺고 서로 위하고 배려하고 감사하면서 살아야 비로소 행복해질 수 있습니다.

무엇을 위해 일하나요? 이에 대한 답은 오직 하나입니다. 일을 통해 사람들과 관계를 맺기 위해서입니다. 대가를 바라지 않았는데 자연스럽게 고맙다는 말과 함께 자연스럽게 돈이 뒤따라오더라, 그게 바로 신념이고, 행복입니다.

사람들과 관계를 맺을 수 있는 나만의 방법을 찾아내어 그 위치에서 남을 위해 열심히 일하겠다. 이러한 흔들리지 않는 신념을 갖게 되면 사람은 점점 강해질 수 있습니다.

제 의지와 전혀 다른
인사이동 때문에 화가 납니다.

집착은 자신의 가능성을 제한합니다.
지금의 자리를 빛낼 수 있는 건
오직 나 자신뿐입니다.

나를 둘러싼 생활 및 업무 환경은 하루가 다르게 변하고 있습니다. 이런 상황에서는 개인의 뜻과 다른 인사이동이 다반사로 일어납니다.

지금까지 제작부 소속이었는데 갑자기 영업부로 발령받기도 하고, 반대로 영업부에서 좋은 실적을 내고 있었는데 제작현장으로 이동되기도 합니다. 갑자기 해외로 단기 발령이 나기도 합니다.

이럴 바에야 차라리 회사를 그만두는 게 낫겠다, 순간적으로 그런 결단을 내리는 사람도 있습니다. 영업은 자신과는 맞지 않는다고 쉽게 결론을 내리기도 합니다. 하지만 적성에 맞고 안 맞는지를 정확히 파악하기란 매우 어렵습니다. 그건 단지 혼자만의 착각일 수도 있습니다.

영업을 못할 것 같은 사원을 영업부서로 발령내리는 회사는 없습니다. 저 사원이라면 할 수 있겠다는 판단 후에 이동명령을 내리는 것이지요.

꼭 말을 잘하는 사람만이 영업을 잘할 수 있는 것도 아닙니다. 말이 서툴더라도 성실하게 마무리 한다면 반드시 고객들로부터 신뢰를 얻게 되는 법이니까요.

또한 이전 부서에서의 근무 경험을 잘 활용한다면 오로지 영업만 해온 사원들과는 다른 자신만의 강점을 부각시킬 수도 있습니다. 반대로 영업부에서 제작부로 이동했을 때도 지금까지 영업을 통해 쌓은 경험은 귀중한 자산이 될 것입니다.

불교의 사고방식에 양자택일은 없습니다. 선과 악, 좋고 싫음, 아군과 적군, 성공과 실패, 맞고 안 맞음과 같이 걸핏하면 대부분의 사람은 이분법적으로 생각합니다. 하지만 이런 발상은 사고의 범위를 한정시킬 뿐입니다. 이분법적으로 생각하게 되면 둘 중에 하나를 반드시 선택해야 합니다. 언뜻 보기에 선택은 좋은 행동처럼 보입니다. 하지만 실은 선택을 하는 순간 그 대상에 대한 집착이 생깁니다.

원래 하던 일만을 하겠다는 마음이 강할수록 집착도 강해집니다. 이 일이 아닌 다른 일은 하기 싫다는 강한 집착이 개인의 가능성을 좁힐 수 있다는 사실을 명심하시기 바랍니다.

이는 취업 시장을 보아도 똑같습니다. 저는 대학교에서 가르치는 일도 하고 있는데, 요즘 대학생들은 대기업과 공무원에 대한 집착이 너무 강한 듯합니다. 유명한 회사, 인기 있는 업종만 고집합니다. 물론 하고 싶은 일이 있다는 것은 좋은 일이고, 좋은 회사에 취직하고 싶은 마음도 모르는 것은 아닙니다. 하지만 집착이 너무 강하면 본인의 가능성을 확장할 수 없습니다.

일들은 어느 지점에서 서로 반드시 연결되어 있기 마련입니다. 모든 비즈니스가 한 업종으로만 이루어진 것도 아니고 세상이 한 직종에 의해서만 돌아가는 것도 아닙니다. 모든 일들은 서로 연결되어 있습니다. 즉 지금 원하는 회사에 취직하지 못하더라도 열심히 최선을 다한다면 언젠가 반드시 나에게 기회는 오게 되어 있습니다. 이직할 때도 똑같습니다.

불교에는 대지황금大地黃金이라는 말이 있습니다. 황금처럼 빛나는 땅은 딴 곳에 있는 게 아니라 지금 내가 있는 이곳이 바로 황금처럼 빛나는 땅이라는 뜻입니다.

우리는 자신보다 잘나가는 누군가를 보며 부러워합니다. 나도 저기로 가고 싶어, 저긴 분명히 여기보다 나을 거야. 그렇게 생각합니다. 하지만 막상 가보니 그곳은 빛나는 곳이 아니었고 원래 있던 자리가 더 나았음을 깨닫고 뒤늦게 후회하는 경우가 종종 있습니다. 지금 내가 있는 이곳을 내 힘으로 황금처럼 빛나는 땅으로 바꾸도록 노력하세요.

여기저기 기웃거리지 말고, 지금 있는 회사와 부서에 온 마음을 다하세요. 내가 있는 자리를 빛낼 수 있는 건 오직 나 자신뿐이니까요.

일이 너무 많아서
끝이 보이지 않습니다.

부족함을 더하기보다
불필요함을 버려야 합니다.

어지러울 정도로 너무나 바쁜 일상입니다. 아침에 일어나자마자 스마트폰으로 어젯밤 무슨 일이 일어났는지 확인해야 직성이 풀립니다. 그러고서도 출근하자마자 컴퓨터를 켜고 이메일을 체크합니다. 점심식사를 할 때에도 음식을 주문하고선 자연스럽게 각자의 스마트폰을 들여다보고 있습니다. 사람들이 모두 정보의 노예가 된 듯합니다.

정말 이렇게까지 하면서 일을 해야 하나요?

저 같은 경우에도 엄청난 양의 이메일이 매일 들어옵니다. 하루에 100통이 넘을 때도 있습니다. 이러한 메일들에 일일이 답장을 했다가는 도저히 제 본업을 할 수 없을 지경입니다.

제 본업은 절의 주지로 절을 관리하는 일, 정원을 디자인하는 일, 그리고 대학교에서 학생들을 가르치는 일이지 메일에 답장을 하는 게 아닙니다.

그 많은 메일들 중에서 지금 당장 답장을 해야 하는 메일은 기껏해야 10통 정도입니다. 이런 메일에는 곧바로 답장을 합니다. 20통 정도는 지금 답장을 하지 않아도 되는 것들입니다. 그 외 나머지는 광고와 영업 등의 스팸메일들입니다.

어떨 땐 일부러 보내온 부탁 메일인데 거절하기가 좀 미안한 생각이 들 때도 있지만 스스로 기준을 세우고 메일을 분류하지 않으면 제 본업에 지장이 생깁니다. 수많은 정보가 범람하는 시대에는 취사선택을 하는 안목이 필요합니다.

자신을 둘러싼 수많은 정보에 일일이 신경을 빼앗긴다면 지금 어디에 있는지 알 수 없게 됩니다. 해야 할 일이 무엇인지, 하고 싶은 일이 무엇인지 헷갈리게 되지요. 이를 피하려면 조금 멀리서 내려다보듯이, 나와 내 주변을 관조하면 됩니다. 그러면 필요한 것과 불필요한 것이 서서히 나뉘기 시작합니다.

조금 더 쉬운 예를 들어보겠습니다. 지금 자신의 책상 위를 바라보시기 바랍니다. 여러 서류와 자료들이 산더미처럼 쌓여 있지는 않나요? 이걸 정리하려고 해도 잘 되지 않습니다. 왜냐하면 물건을 손에 잡는 순간 전부 필요한 것처럼 느껴지기 때문이지요.

이럴 땐 책상에서 좀 떨어진 곳에서 전체적으로 바라보시기 바랍니다. 높은 곳에 서서 바라보면 필요한 물건과 놔둬야 할 물건, 그리고 다시는 쓰지 않을 물건이 금세 눈에 들어옵니다. 그 이후에야 적절한 취사선택이 가능해집니다. 정보처리 능력은 이처럼 정리정돈을 잘해내는 능력입니다.

업무나 일이 잘 안 풀릴 때, 우리는 자꾸 무엇이 부족한지를 알아내려고 합니다. 뭔가를 더해서 상황을 바꿔보려 합니다. 하지만 이럴 땐 부족함을 찾기보다는 불필요함을 버리는 게 더 빠르답니다. 일이 잘 안 풀리는 건 부족함 때문이 아니라 불필요함이 일을 방해하기 때문이지요. 불필요함이란 바로 과거의 낡은 방식, 이래야만 한다는 집착, 그리고 쓸데없는 정보들입니다. 우선은 이것부터 버려야 중요합니다.

버리는 행위에는 용기가 필요합니다. 하지만 불필요함이 많으면 많을수록 정작 필요한 것이 그 속에 파묻혀 보이지 않게 됩니다. 서류 뭉치 속에서 필요한 서류를 찾아내기란 매우 어렵습니다. 이와 똑같습니다.

정말 자신에게 필요한 것에만 집중하는 것은 일의 효율도 높일 뿐 아니라 마음 정리에도 도움이 됩니다.

자신의 주변을 항상 정리해놓으세요. 그러면 머리도 맑아지고 일도 수월하게 잘 풀립니다. 먼저 불필요한 물건을 버리세요.

정말로 중요한 것들이 보이기 시작한답니다.

실력을 제대로 발휘할 수 없는
환경에 놓여 있습니다.

나만의 기술을 찾아보세요.
무대는 하나만 있지 않습니다.

사회에는 실로 다양한 무대가 있습니다. 목표가 같거나 좋아하는 일이 같은 사람들이 한 무대에 모여서 열심히 기술을 갈고 닦습니다. 경영자가 되고 싶은 사람들이 모여드는 무대가 있을 것이고, 같은 취미를 지닌 사람들이 모이는 무대도 있겠지요. 취향과 목표에 따라 무대는 실로 다양합니다.

내가 올라가야 할 무대를 찾아내어 그 위에 서 보는 것은 매우 중요합니다. 왜냐하면 용기 내서 무대에 올라가 보면 나보다 훨씬 뛰어난 사람들이 너무나 많다는 사실을 깨닫게 되기 때문입니다. 이 분야만큼은 내가 제일 잘한다고 자부했었는데 막상 도착해보니 나보다 훨씬 뛰어난 사람들이 많은 겁니다.

하지만 그렇다고 위축되어서 무대에서 바로 내려오지는 마시기 바랍니다. 남과 나를 비교하지 말고, 스스로 올라가기로 결심한 무대 위에서 기술을 열심히 연마해야 합니다. 무대 위에 올라간 사람들은 각자 나름의 특기가 있습니다. 체격과 능력도 모두 다르지요. 다만 자신이 잘할 수 있는 기술을 최선을 다해 갈고 닦아나갈 뿐입니다.

인생도 이와 똑같습니다. 누구나 재능을 가지고 태어납니다. 그러니 자신의 재능을 믿고 자신만이 할 수 있는 것을 찾아내야 합니다. 꼭 재능이 있어야 좋은 결과를 낼 수 있는 것도 아닙니다. 오히려 재능이 부족하기 때문에 뼈를 깎는 노력을 해서 좋은 결과를 내는 경우도 많습니다.

또 하나 전하고 싶은 것은 오를 수 있는 무대는 하나만 있지 않다는 겁니다.

회사에서는 내가 선호하는 부서를 직접 고를 수 없습니다. 다만 이 무대에 오르라고 지시받을 뿐입니다. 지시에 따라 그 무대에서 열심히 일했는데 좋은 평가를 받지 못하는 경우도 생깁니다. 그러면 대부분의 사람들은 낙심합니다. 나는 무능하다고 쉽게 결론을 내리는 사람도 있습니다.

경우에 따라서는 회사라는 무대에서 쫓겨나기도 합니다. 이른바 구조조정입니다. 물론 충격적이겠지만 지금 다니는 회사만이 무대인 것은 아니랍니다. 사회에는 오를 수 있는 무대가 얼마든지 많습니다. 한 부서, 한 회사만이 내 유일무이한 무대는 아니라는 사실을 명심하세요.

인간도처유청산人間到處有靑山이라는 말이 있습니다. 여기서 청산은 자신의 목표 지점, 즉 한 개인에게 있어 행복한 곳이라는 뜻입니다.

사람들은 자신도 모르게 지금 있는 곳에 집착합니다. 이 회사는 나의 전부이고, 이 부서를 절대 떠날 수 없으며, 이 일이야말로 내가 해야 할 일이라고 생각합니다. 회사나 업무에 애착을 갖는 것은 자연스러운 일입니다. 그게 잘못되었다는 게 아닙니다. 다만 그것만을 고집해서는 안 됩니다. 너무 하나의 무대만 고집하다 보면 주변에 놓인 행복을 자신도 모르게 놓쳐버릴 수 있습니다.

내가 올라간 무대에 행복의 씨앗이 없다면 옆 무대에 올라가 찾아보세요. 넓은 시야로 세상을 바라보세요. 어딘가에 반드시 내 청산이 있습니다. 단 수처작주 입처개진隨處作主 立處皆眞이라는 말처럼 어디를 가더라도 '나 자신이 주체가 되어 노력하는 것'이 중요합니다. 남을 의지하지 말고 내가 주체가 되어 그곳에서 끝까지 일을 완수해내야 합니다.

어딘가에 청산이 있기를 바라지 말고, 지금 자리에서 노력해 그곳을 청산으로 바꿔나가시기 바랍니다.

4장

속마음을 억누르고 있나요?

솔직하게 말하는 법을
배워야 합니다

기분 나쁘지 않게
솔직하기가 왜 이렇게 어려운 걸까요.

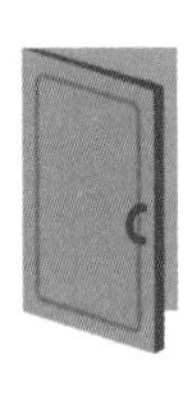

우선 자신의 마음부터
들여다보세요.

"마음을 터놓고 말할 상대가 없다", "나의 진짜 모습을 이해해주는 친구가 없다." 그런 고민을 털어놓는 사람이 많은 듯합니다. 마음을 이해해주는 사람이 주변에 없거나 속마음을 말하기가 어렵다면 참으로 살기가 고달파집니다.

하지만 고민을 자세히 들어보면 스스로 노력하지 않고 그저 상대방이 이해해주기를 바라는 경우가 많습니다. 혹은 자신을 우선하는 마음만 앞섰지, 상대방을 이해하려고 하지 않는 경우가 대부분입니다. 어느 경우든 대부분의 사람들은 아무 노력도 하지 않고 상대방이 이해해주기를 바랍니다. 이건 어린애나 다를 바 없습니다. 심하게 말하면 정신적으로 미성숙한 것이지요.

속마음을 터놓으면서 좋은 관계를 맺고 싶나요? 인간관계는 일방통행으로는 불가능하답니다. 이해받고 싶은 상대방이 있다면 나부터 먼저 그 사람의 마음을 이해하려고 노력하세요.

감정을 털어놓는 좋은 방법으로는 무엇이 있을까요? 그때그때의 감정을 겉으로 드러내는 것이라고 생각하기 쉬운데, 안타깝게도 이는 잘못된 생각입니다. 희로애락은 어디까지나 순간적인 감정이기 때문에 쉽게 변합니다. 변화무쌍한 순간의 감정에 휩쓸리지 마세요. 물론 감정을 드러내는 것이 잘못되었다는 게 아닙니다. 그 감정이 내 진짜라고 믿지 말라는 얘기입니다. 순간의 감정만을 계속 주고받다 보면 결국 충돌하게 됩니다.

진정한 의미에서의 마음이란 신념 같은 것입니다. '나는 어떤 인생을 살 것인가', '무슨 생각을 가지고 살아갈 것인가'처럼 인생의 심지와 같은 것이라고 저는 생각합니다. 이러한 심지를 제대로 가지려면 깊게 생각해보는 방법을 알아야 합니다.

예를 들어 회사에서 상사와 의견이 맞지 않는다고 가정해봅시다. 아무리 상사의 지시라 해도 도저히 수용할 수 없을 때는 일단 감정적으로 대응하지 않도록 노력해야 합니다. 욱하는 감정을 드러내봤자 전혀 해결이 되지 않습니다. 우선은 혼자서 깊이 생각해보세요. 그럼에도 이건 아니라는 생각이 든다면 그게 바로 진심입니다. 그 생각을 말해야 합니다.

"부장님 말씀은 잘 알겠습니다. 하지만 제 생각은 약간 다릅니다."

마음속에서 깊이 생각해낸 진심을 차근차근 말한다면 상사도 분명히 그의 속마음을 드러낼 가능성이 높습니다. 이렇게 서로 진심을 말할 때 비로소 신뢰관계가 형성됩니다. 그저 서로 감정만 드러내면 진정한 신뢰관계는 만들 수 없습니다.

그리고 무엇보다 중요한 것은 자신의 진짜 속마음이 어떤지 확인해야 하는 과정입니다. 내 속내는 어떤지, 내가 걸어가야 할 길은 무엇인지, 때로는 멈춰 서서 깊이 생각해봐야 합니다. 그것이 바로 인생에서 해야 할 가장 중요한 일입니다.

승려들이 좌선을 하는 것도 궁극적으로는 자신을 찾는 과정 중 하나입니다. 승려들은 머릿속을 비워내고 세속의 욕망에서 벗어나 진정한 자아를 찾아내는 작업을 평생에 걸쳐서 해나갑니다.

일반인들이 매일 좌선하기는 어렵겠지만 적어도 1주일에 한 번 정도는 잠시 자신을 바라보는 시간을 가져보시기 바랍니다.

아니면 주말 아침 30분이라도 좋습니다. 조용히 생각하는 시간을 가져보세요. 호흡을 가다듬고 자신의 내면을 들여다보세요. 감정의 파도에 휩쓸리지 말고, 가야 할 길을 찾아보세요.

너무나 바쁜 일상 속에 드문드문 끼어 있는 아주 약간의 공백 속에 바로 내 진심이 숨어 있답니다.

혼자 있는 게
너무 외로워서 싫습니다.

하루만
스마트폰의 전원을 꺼보세요.

요즘 혼자 있는 것을 불안해하는 사람들이 많은 듯합니다. 고독한 게 싫어서 누군가와 소통하기 위해 언제 어디서나 스마트폰에 매달립니다. 하지만 결코 좋은 모습이라고 볼 수 없습니다. 그만큼 자신에 대해 생각할 시간이 없어지기 때문이지요.

고독해지는 시간은 인간에게 매우 중요합니다. 자신이 지금 어디에 서 있고, 어디를 향해 걷고 있는지, '나'라는 존재를 정면으로 바라보면서 조용히 성찰해보는 시간이 필요합니다. 고독해져야 그런 시간을 가질 수 있습니다.

세상 풍파에 몸을 맡기며 흘러가는 대로 살다 보면 어느새 나 자신이 보이지 않게 됩니다. 과거에 품었던 꿈과 앞으로 걸어가야 할 길마저 보이지 않게 되고, 그저 흘러가는 인생을 살게 됩니다. 하지만 이는 진정한 자신의 인생이 아니며 결코 행복해질 수 없습니다.

본래의 모습을 회복하기 위해서라도 고독과 마주하는 시간이 필요합니다. 내 안에 깊숙이 파묻혀 있는 나 자신을 마주해봐야 합니다.

이는 하루 정도 스마트폰의 전원을 끄는 것만으로도 가능하답니다. 아주 간단하지 않나요. 직장이나 집안 어디에서나 고독한 시간을 쉽게 만들 수 있습니다.

주말에 30분이라도 좋으니 혼자 공원에 나가보세요. 벤치에 앉아서 살아 숨 쉬는 자연을 차분한 마음으로 바라보세요. 그렇게 자연을 감상하다 보면 자연이 왜 자연스러운지 알게 됩니다. 자연의 모든 것은 순리에 어긋나 있지 않습니다. 어긋나 있는 자연이 있다 하더라도 그것은 오래가지 못합니다. 해마다 나무들은 초록 잎으로 자신을 덮고 꽃을 피워냅니다. 그런 자연을 마주보며 나 자신의 마음을 깊이 들여다보세요.

만약 지금 일이 잘 안 풀려서 마음이 괴롭다면 무언가 순리에 맞지 않기 때문입니다. 어디선가 무리하고 있다는 증거입니다. 고독한 상황은 바로 이런 것들을 깨닫게 해줍니다.

고립된다,라는 말이 있습니다. 고립은 타인이나 사회와 관계가 끊어지는 것을 뜻하기 때문에 상당히 괴롭습니다. 하지만 고립과 고독은 전혀 의미가 다릅니다. 고독이란 어디까지나 개인의 마음가짐을 뜻합니다. 24시간 내내 고독할 수는 없지만 하루 중 적어도 잠깐은 누구나 고독해질 수 있습니다. 누구에게나 그런 자투리 시간은 있는 법이니까요.

매일 아침 출근길, 집에서 역까지 홀로 걷는 시간을 이용해보는 건 어떨까요. 스마트폰 말고 길가의 나무와 돌멩이에 시선을 돌려보시기 바랍니다. 지금 자신이 어디에 있는지 생각을 집중하며 걸어보세요. 그런 시간을 가지는 것만으로도 나 자신이 단단해지고, 주변에 휩쓸리지 않게 됩니다.

수급하월류水急下月流, 즉 강에 비친 달의 모습은 아무리 물살이 빠르더라도 흘러가는 일이 없다는 뜻입니다. 여기서 흐르는 강을 세상으로 대치시킬 수 있습니다. 그 흐름은 빨라지기도 하고 느려지기도 합니다. 물살에 휩쓸리면 자신의 본 모습을 잃게 되지요.

강물에 비친 달은 진정한 내 모습입니다. 아무리 세상의 흐름이 빠르더라도 그 흐름에 나를 맡겨버리지 마세요. 그러기 위해서는 내 모습을 놓치지 말고 늘 바라보고 있어야 합니다.

고독이라는 시간을 통해 강물에 비춰진 달의 모습이 선명하게 드러날 테니까요.

팀원이 말을 듣지 않습니다.

일에서 얻는 가장 큰 기쁨은
생각을 공유하는 것이에요.
가장 어려운 것 또한
생각을 공유하는 것이지요.

상속相續이라는 말이 있습니다. 지금은 유산상속과 같이 재산을 자녀에게 물려준다는 의미로 쓰지만 이 말은 원래 불교에서 탄생한 용어입니다. 불교에서의 상속은 스승의 가르침을 물려받는다는 뜻입니다.

돈이나 물질이 아니라 세상 사람들이 평안한 마음을 갖게 하려면 무엇을 해야 하는가, 그리고 어떤 마음가짐으로 고민하고 수행을 이어나가야 하는가에 대한 가르침을 제자들에게 전하는 것이 상속입니다.

이처럼 상속은 마음과 생각을 '서로 이어가는 것'을 뜻했습니다.

이렇게 생각을 전한다는 개념인 상속을 회사에 적용해본다면 그 회사에서 대대로 계승되어지는 경영 이념이나 여러 선배들의 일에 대한 신념과 같은 것이 되겠지요. 이러한 선배들의 이념을 계승해 나가는 것이 매우 중요하다고 저는 생각합니다.

하지만 유감스럽게도 현실에서는 이념이나 정신보다는 노하우나 기술만을 중시합니다. 상사가 부하를 지도할 때도 현장에서 바로 쓸 수 있는 업무처리 방법만을 가르칩니다. 물론 이것도 꼭 필요하지요. 하지만 이것만으로는 일에 대한 근원적인 열정을 불러일으킬 수 없습니다. 업무처리는 잘할지 몰라도 일에서 얻는 진정한 기쁨은 맛볼 수 없습니다.

일에서 얻는 가장 큰 기쁨은 단순히 성과를 내는 것이 아니라 생각을 공유하는 것이 아닐까 싶습니다. 혼자서 성과를 낸들 진정한 기쁨으로 이어지지 않습니다. 생각을 공유한 동료들과 동고동락할 때 비로소 일의 기쁨을 느낄 수 있다고 생각합니다.

여러분이 상사나 선배라면 자신의 신념을 팀원과 공유하는 시간이 필요합니다.

"나는 이런 마음가짐으로 일을 해왔어."

"이 업무는 사람들에게 반드시 도움이 될 거라 믿어."

이렇게 말이지요. 부디 진심을 담아 자신의 생각을 끊임없이 전달하세요.

집요할 정도로 일에 대한 생각을 상속하세요. 이런 개념은 한두 번 말한다고 쉽게 전달되는 게 아니니까요. 스승으로 불리는 스님들은 매일 똑같은 말을 반복해 제자들에게 전했습니다. 몇 년씩이나 끈질기게 똑같은 설법을 반복함으로써 겨우 사고를 공유하고 계승했던 것이지요. 만약 회사에서 사원 간에 단합이 잘 이루어지지 않거나 목표가 공유되지 않는다면 그 원인은 이러한 생각들이 공유되고 계승되지 않았기 때문입니다.

생각을 공유하는 것은 매우 중요합니다. 모두가 똑같은 생각을 하기란 매우 어렵습니다. 그러나 사람은, 그리고 조직은 생각을 공유할 때 비로소 하나가 되어 앞으로 나갈 수 있습니다. 이때 발생되는 에너지는 혼자일 때보다 몇 배, 몇십 배로 커집니다.

2011년 동일본대지진 때 발생한 쓰나미로 인해 항구가 파괴되어버린 도호쿠東北 지방의 어부들은 전 재산이나 마찬가지인 선박마저 잃고 말았습니다. 하지만 그들은 정부가 나설 때까지 기다리지 않고 독자적으로 힘을 합쳐 재건에 앞장섰습니다. 어디서 그런 힘이 나왔을까요? 다시 바다로 나가 고기를 잡고, 싱싱한 고기를 많은 이들에게 공급하고 싶다는 강렬한 희망을 서로 공유했기 때문입니다.

잡은 생선을 어디에 팔 것인가 등의 문제는 나중에 생각하면 됩니다. 한시라도 빨리 어부로서 다시 일을 시작해야겠다는 생각을 공유했기 때문에 하나로 뭉칠 수 있었던 것이지요.

그렇게 애쓰는 아버지의 뒷모습을 보면서 그들의 가족과 자식들 또한 그 정신을 이어받습니다. 이것이 진정한 마음의 상속이라고 생각합니다.

삶에 열정이 사라진 것 같아요.

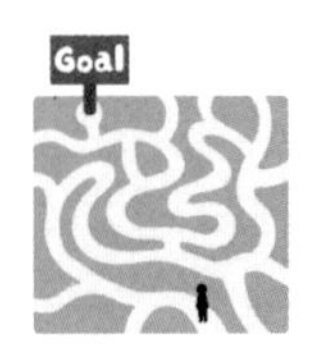

두려워해야 할 것은 실패가 아니라
아무것도 안 하면서
허송세월을 보내는 것입니다.

한때 '초식남'이라는 말이 유행했습니다. 일에도 사랑에도 열정을 보이지 않고 담담하게 자신의 취미를 즐기며 살아나가는 남성들을 지칭하는 단어입니다.

왜 이런 남성들이 많아졌을까요? 가장 큰 원인은 실패를 용납하지 않는 사회 분위기와 관련이 있습니다. 예전 사회는 실패를 두려워하지 않고 새로운 일에 도전하는 사람들을 높이 평가하는 분위기였습니다. 한두 번 실패해도 거기에서 뭔가를 얻으면 된다. 또 왜 실패했는지 스스로 생각해보고 반성의 결과를 다음 기회에 적용하면 된다고 생각했습니다. 이런 과정을 거듭하면서 사람들은 살아가는 힘을 키울 수 있었습니다.

그런데 현대사회는 실패를 용납하지 않습니다. 한 번 실패하면 기회를 다시 얻기가 매우 어렵습니다. 즉 과정이 아니라 결과만을 평가하는 전형적인 평가방식이 사회 전반에 퍼지고 말았습니다.

이런 사회에서는 과감하게 행동하기가 매우 어렵습니다. 도전했다가 자칫 실패하면 퇴출되고 말 테니까요. 그럴 바에야 차라리 상사가 시키는 일만 처리하는 게 낫다고 생각합니다. 마치 초원에서 한가로이 풀을 뜯어먹는 초식동물처럼 말이지요. 이것이 초식남의 정체입니다.

하지만 한 번도 실패하지 않는 사람은 없습니다. 마찬가지로 하는 일마다 모두 성공하는 사람도 없습니다. 중요한 것은 실패로부터 뭔가를 배우는 것입니다.

한 번의 실패로 밀려나게 되더라도 이에 굴하지 않고 다시 일어서는 힘을 길러야 합니다. 실패로부터 많은 것을 터득해 다음 기회에 대비해야 합니다. 정말 열심히 노력한다면 반드시 기회는 오게 마련입니다. 기회가 오지 않는다면 직접 이 손으로 잡고 말겠다 할 정도의 투지를 보여주세요.

설령 "넌 이미 끝났어"라는 말을 듣게 되더라도 쓰러지지 마세요.

회사에서 승진한 사람을 보면서 '저 녀석은 상사한테 아첨을 잘하니까 성공한 거야. 실력은 별 차이 없는데'라고 생각하지 말고 그 상대를 자세히 관찰해보세요. 일도 못하는데 승진시켜줄 만큼 회사는 호락호락하지 않습니다.

출세하는 사람은 실패를 자신의 에너지로 바꿉니다. 그리고 한두 번 실패했다고 바로 포기하지 않을 만큼 강인한 정신을 가지고 있습니다. 삐딱한 시선으로 세상을 바라보지도 않습니다.

'실패가 용납되지 않는다'의 진짜 의미는 실패를 활용할 기회가 주어지지 않는다는 것입니다. 물론 결과만을 중시하는 사회 분위기도 분명히 있습니다. 하지만 언제까지나 이를 핑곗거리로 삼아서는 안 됩니다.

매사에는 반드시 과정이 있는 법입니다. 과정 없는 결과는 절대 있을 수 없지요. 그러므로 처음부터 결과를 걱정하지 말고, 지금 하고 있는 과정에 집중해야 합니다.

불교 용어 중에는 어행수탁魚行水濁이라는 말이 있습니다.

물고기가 헤엄치면 반드시 물이 탁해진다는 뜻입니다. 이 말을 직접적으로 해석하면 자신의 행위에는 반드시 흔적이 남게 마련이라는 뜻입니다. 좀 더 넓게 해석하면, 해야 할 일을 성실히 수행한다면 누군가 반드시 이를 알아본다, 그리고 과정을 소홀히 하거나 허위로 결과를 낸다면 이 또한 누군가 반드시 알아본다는 의미가 됩니다.

그러므로 스스로에게 정직해지시기 바랍니다. 그리고 꾸준한 노력을 게을리하지 마세요. 물속에 있어도 헤엄치지 않으면 물은 탁해지지 않습니다. 물이 탁해지더라도 열심히 헤엄치는 것이 바로 살아 있다는 증거입니다.

가만히 있기에는 너무나 아까운 인생입니다. 마음껏 헤엄치며 다양한 세상을 경험하시기 바랍니다.

좋아하는 일을 하면서
먹고살 수 있을까요?

좋아하는 일을 소중히 여기세요.
그게 바로 인생을
소중히 여기는 것입니다.

"지금 하는 일은 내가 하고 싶은 일이 아니야."

"더 멋진 일을 하고 싶었어."

저는 이렇게 말하는 사람들에게 묻고 싶습니다.

"그럼 당신이 좋아하는 일은 무엇인가요?"라고 말이지요.

"그림 그리는 게 좋아 화가가 되고 싶은데 미술 업계가 요즘 어려워서요." 이런 식으로 대답하는 사람들이 많습니다.

왜 처음부터 어렵다고 못을 박는 건지, 저는 잘 이해되지 않습니다. 물론 화가로 먹고사는 게 쉽지만은 않겠지요. 하지만 미술과 관련된 일들은 참으로 많습니다. 화랑에서 일하거나 미술 강사가 될 수도 있습니다. 시야를 조금 넓게 가지면 반드시 좋아하는 것과 관련된 일을 찾을 수 있습니다.

그림으로는 먹고살 수 없다, 소설가는 돈 벌기 힘들다. 이처럼 사람들은 쉽게 결론을 내립니다. 하지만 이것이 사실이라면 세상에 화가나 소설가는 한 명도 없을 것입니다. 화랑이나 출판사도 없겠지요. ㅇㅇ로는 먹고살기 힘들다는 말은 회피를 위한 변명에 지나지 않습니다.

진심으로 좋아하는 일을 하고 싶으세요? 그 일에 얼마나 열정을 보일 수 있는지를 가늠해보세요. 적어도 저는 그렇게 생각합니다.

할 수 없다고 투덜거리는 사람은 다만 하지 않고 있을 뿐입니다.

처음에 그 일을 선택한 순간을 떠올려 보세요. 일을 선택할 때는 보통 처한 환경이나 조건을 먼저 고려하는 경우가 많습니다. 경제학부 출신들은 일반적으로 금융업계에 취직하는 것을 목표로 합니다. '원래는 낚시를 너무 좋아하지만 낚시로 생계를 유지할 수는 없으니까 은행에 취직하는 게 안정적일 거야.' 많은 사람들이 일을 선택할 때 이런 식으로 생각합니다.

좋아하는 일과 현실을 구분해서 선택한 결과가 만족스럽다면 상관없습니다. 하지만 뭔가 아쉬움이 남는다면 결코 행복한 인생이라고 할 수 없습니다.

한 번 뒤집어 생각해보시길 바랍니다. 일단 자신이 좋아하고 남들보다 더 집요하게 파고들 수 있는 일이 무엇인지 생각해보는 것이지요. 낚시와 관련된 일에는 무엇이 있는지를 생각해봅니다. 낚시용품점에서 일할 수도 있고, 낚시도구 장인이 될 수도 있습니다. 아니면 낚시전문 잡지사에서 일할 수도 있겠지요. 좋아하는 것과 관련된 다양한 직업군이 있습니다. 연봉이 높고 미래가 안정적이라는 이유가 아니라, 좋아하고 집중해서 할 수 있는 일을 선택하시기 바랍니다. 그러면 성공할 수 있습니다. 왜냐하면 좋아하는 일을 직업으로 삼게 되면 고생도 견딜 만해지고, 노력도 그리 힘들게 느껴지지 않기 때문입니다. 오히려 나와 안 맞는다고 생각하니까 일이 더 고생스럽게 느껴지는 것이지요.

명문 대학교의 경영학과를 졸업한 친구가 있습니다. 그의 친구들은 모두 은행 취직을 목표로 했습니다. 하지만 그는 별로 내켜하지 않는 눈치였습니다. 졸업하고 몇 년 후 오랜만에 만난 그 친구는 놀랍게도 치과대학에 다시 입학해서 치과의사가 되었다고 합니다.

어떻게 된 거냐고 물으니 그는 이렇게 대답했습니다. "어려서부터 모형 조립을 좋아했거든." 뚱딴지 같은 대답이 의아했지만 생각해보니 작은 물건을 가공한다는 점에서 치과의사와 비슷한 점이 있었습니다. 모형 조립의 연장선상에 치과의사가 있다니, 직업이란 참 오묘합니다.

이처럼 자신이 좋아하는 것을 소중히 생각해야 합니다. 어려서부터 좋아하던 일, 오랫동안 해보고 싶었던 일을 처음부터 부정하지 마세요. 좋아하는 일은 직업의 범위를 넓혀줍니다. 좋아하는 마음은 새로운 발상을 떠오르게 하며, 때로는 나를 구원해주기도 합니다.

좋아하는 일을 소중히 여기는 것이 바로 인생을 소중히 여기는 길입니다.

더 멋진 일을 하고 싶어요.

꿈은 구름 위에
떠 있는 것이 아닙니다.

일하는 사람이라면 누구나 꿈과 목표가 있을 것입니다. 자기 분야에서 최고가 되어 사람들로부터 존경을 받고 싶다. 누구나 이런 꿈을 가지고 있습니다. 그 꿈을 향해 열심히 노력한다면 반드시 가까이 다가갈 수 있습니다. 길은 반드시 열린다고 믿어야 합니다.

하지만 꿈에 가까이 다가가려면 지금 자신이 할 수 있는 일에 최선을 다해야 합니다. 지금 해야 할 일에 전력투구해야 합니다. 하지만 이런 노력도 없이 바로 목표점에 도달하고 싶어하는 사람들이 많은 듯합니다. 참으로 안타까운 일이지요.

성공한 사람이나 위인들은 하루아침에 성공하고 위대해진 것이 아닙니다. 차근차근 성실히 계단을 올라가다가 문득 뒤돌아보니 어느새 높은 곳까지 올라가 있던 것입니다. 처음부터 성공을 목표한 것이 아니라 열심히 일하다 보니 어느새 주변으로부터 성공한 사람이 되어 있었던 겁니다.

중국 당나라 시대에 활약한 백장선사百丈禪師라는 스님이 있습니다. 그분이 한 말 중에 일일불작 일일불식一日不作 一日不食이라는 말이 있습니다. '일하지 않는 자는 먹지도 말라'라고 해석되기도 하지만, 이는 일하지 않았다면 먹지 말라는 뜻이 아닙니다.

백장선사는 늙어서도 쉬지 않고 제자들과 함께 농사를 짓는 등 작무作務를 게을리하지 않았습니다. 제자들이 일을 쉬시라고 해도 선사는 막무가내였습니다. 제자들은 선사의 건강을 걱정한 나머지 어느 날 선사의 농기구들을 숨겨버렸습니다. 선사는 어쩔 수 없이 그날 일을 하지 못했습니다. 그런데 그날부터 선사는 밥을 한 끼도 먹지 않았습니다. 제자들이 왜 안 드시는지 여쭙자 그때 선사가 대답한 말이 바로 "일일불작 일일불식"이었습니다.

작무는 승려에게 있어서 매우 중요한 노무입니다. 인간을 인간답게 살 수 있게 만드는 가장 기본적인 행위로 여깁니다. 즉, 해야 할 일을 하지 않았으니 먹을 자격이 없다고 선사는 말하고 싶었던 것입니다. 선사에게 먹는다는 행위는 해야 할 일을 해냈을 때의 포상이었습니다.

지금 내가 해야 할 일, 하지 않으면 안 될 일은 누구에게나 있습니다. 회사 일뿐만 아니라 각자 처한 상황에서 해야 할 일들이 있습니다. 그것이 무엇인지를 제대로 파악하고 하나씩 차근차근 해나가야 합니다. 이 궁리 저 궁리하면서 내일 일로 미루지 말고, 오늘 무엇을 해야 하는지 생각하세요. 백장선사는 그 중요함을 말했던 것입니다. 꿈을 실현한다는 것은 바로 이 과정을 이어나가면서 최선을 다하는 것입니다.

지금 눈앞에 놓여 있는 일에 매진하면서 하나씩 목표를 이루어 나가다 보면 멀게만 느껴졌던 꿈이 어느새 성큼 나에게 다가오기 시작합니다. 꿈이란 바로 이런 것이지요.

또 높은 자리까지 올라간 사람들은 젊은이들에게 자기가 올라간 계단에 관한 이야기를 꼭 한 번 들려주시기 바랍니다. 한 계단 한 계단 올라간 고생담을 후배들에게 이야기해주세요. 단번에 높이 올라가는 일은 절대 있을 수 없으며, 두세 계단을 건너뛰는 것도 위험할 수 있다는 것을 가르쳐주세요. 그리고 바로 눈앞에 놓인 계단을 하나씩 올라가는 것이 가장 중요하다는 사실을 알려주세요. 꿈이 있다는 것은 정말 중요합니다. 하지만 그 꿈은 구름 위에 떠 있는 것이 아닙니다.

그곳에 닿기까지 올라가야 할 수많은 계단들이 엄연히 존재합니다. 지금 해야 할 일은 그 계단에 첫 발을 내딛는 것입니다.

앞날이 보이지 않고,
10년 뒤가 두렵습니다.

근원을 되짚어보세요.
그럼 미래가 보이기 시작합니다.

얼마 전까지만 해도 직업이 지금처럼 다양하지 않았습니다. 농사짓는 집안에 태어난 아이는 농사일을 물려받았습니다. 어부의 자녀 중에는 중학교를 졸업하자마자 배를 타는 사람도 있었지요. 옛날에는 이를 당연하게 생각했습니다. 직업이나 인생에 선택의 여지가 없었습니다. 타의에 의해 앞날이 결정되는 답답함은 있었지만 일종의 안정감 같은 것이 있었습니다. 선택의 여지가 없으면 고민할 필요도 없기 때문이지요.

그러나 지금은 스스로 내 직업과 삶의 방식을 선택해야 합니다. 선택이 자유로워진 만큼 고민은 늘어납니다.

정말 이 직업이어도 괜찮을까?
다른 길이 있는 건 아닐까?
나에게 다른 잠재능력이 숨어 있는 건 아닐까?

나도 모르게 그런 생각을 하게 됩니다.

혹은 스스로 이 길을 선택했음에도 역시 내가 선택을 잘못했다며 중간에 후회하기도 합니다. 원하는 자리에 취직했지만 생각했던 것과는 전혀 다르게, 하루하루 업무에 쫓기는 생활을 하며 뒤늦게 후회합니다.

인생을 선택한다는 건 정말 막막한 일입니다. 선택을 하든 안 하든 고민은 끊이질 않습니다. 일뿐만 아니라 앞길 자체가 보이지 않을 때도 있습니다. 성실하게 살아온 사람일수록 고민에 빠지기 쉽습니다.

나 자신이 보이지 않을 때, 내가 있어야 할 곳과 해야 할 일이 무엇인지 고민될 때는 부모님을 찾아뵙기 바랍니다. 멀리 계신다면 시간을 들여서라도 혼자 찾아가보세요. 당일치기라도 괜찮습니다. 만약 조부모님이 살아 계시다면 조부모님을 찾아뵙는 것도 좋습니다. 그리고 조용히 술 한잔하면서 부모님의 살아온 나날에 대한 이야기를 들어보시기 바랍니다.

지금까지 어떻게 살아오셨는지, 그 추억담을 들어보세요. 만약 인생의 기로에 서서 갈등하고 있다면 그에 관해서 여쭤보세요.

"아버지는 언제 고민하셨어요? 그리고 어떻게 극복하셨어요?"

"엄마는 원래 꿈이 뭐였어?"

"할아버지는 어릴 때 뭘 잘하셨어요?"

이렇게 말이지요.

"엄마는 그저 네가 건강하게 살아주기만을 바랄 뿐이야."

"할아버지는 목공이 되고 싶었다."

평범한 대화 속에 고민에 대한 해답이 숨어 있습니다. 직접적인 대답은 아니더라도 커다란 힌트가 분명히 그 안에 들어 있습니다.

왜냐하면 그 안에 우리의 근원이 있기 때문입니다. 사람은 누구나 새하얀 백지상태로 태어납니다. 빈손이지만 무한한 가능성을 가지고 있지요. 그리고 자라면서 많은 것을 얻게 됩니다. 좋고 싫음, 잘하고 못하는 게 생깁니다. 인생에서 중요한 선택의 기로에 놓였을 때 무의식 중에 내 뜻과는 다른 길을 선택할 수도 있습니다. 태어나 자란 집, 친구들과 뛰어놀던 놀이터, 그리고 부모님의 여러 가르침과 훈육이 내 선택에 각각 영향을 미칩니다. 이때 나의 근원을 차분히 되짚어보면 진정한 나를 찾을 수 있다고 생각합니다.

여러 상황에 얽혀서 희미해져버린 나의 꿈을 마음의 무대 바깥으로 꺼내주세요.

꼭 디자인 분야에서 일하고 싶다는 학생이 있었습니다. 회사원인

부모님은 디자인과 거리가 먼 분들이었습니다. 그런데 자세히 들어보니 그의 삼촌이 어릴 때 그림을 잘 그렸다고 합니다. 이런 경우가 종종 있습니다. 그는 삼촌의 재능을 물려받은 것이 아니라 그림을 좋아하는 마음을 물려받은 것이지요. 유전이란 이런 것입니다.

선택의 기로에 놓여 있나요? 그럼 부모님을 찾아가보세요. 내가 부모님이나 조부모님으로부터 과연 어떤 면을 물려받았는지 자신의 근원을 되짚어보시기 바랍니다.

5장

답을 찾지 마세요

본디 답은 없거든요

이제 한계인 것 같아요.

일단 생각을 멈추세요.

정원을 디자인할 때 혼자 갈등하는 경우가 있습니다. 이 커다란 돌을 어디에 배치해야 하나, 정원과 돌을 번갈아 바라보며 열심히 생각합니다. 하지만 아무리 생각해도 잘 풀리지 않을 때가 있습니다.

그럴 땐 저는 일단 생각을 멈춥니다. 돌 배치 작업을 중단하고 잠시 다른 일에 몰두합니다. 그러다 갑자기 "그래! 거기에 배치해야겠다!"는 식으로 갑자기 아이디어가 떠오르는 경우가 생깁니다.

한 발 멀어져 대상을 바라보면 다른 일이 계기가 되어 무의식 중에 아이디어가 떠오르는 경우가 있습니다. 이것이 바로 '번뜩이는 생각'입니다.

지금 아이디어를 짜내기 위해 책상 앞에 앉아 전전긍긍하고 있진 않은가요. 몇 가지 아이디어가 떠오르지만 어느 하나 마음에 들지 않습니다. 이런 경험은 누구나 있을 것입니다. 좋은 아이디어는 원래 쉽게 떠오르지 않습니다.

이럴 때는 일단 생각하기를 멈추어보세요. 그날은 더 이상 생각하지 말고 다른 일에 전념해보세요. 여유가 없다면 한 시간이라도 좋으니 그 생각에서 빠져나와보세요.

원래 사람은 긴 시간 동안 한 가지 일에 집중하지 못합니다. 몇 시간 씩 책상 앞에 앉아서 계속 생각을 한다는 것 자체가 불가능합니다. 집중할 수 있는 시간은 기껏해야 한 시간 정도입니다. 나머지는 그냥 생각하는 척하며 앉아 있을 뿐입니다.

집중에 관해서라면 좌선이 도움이 될지도 모릅니다. 좌선은 승려들에게 매우 중요한 수행입니다. 그러나 승려조차 하루 종일 좌선에만 집중하는 것은 불가능합니다. 아무리 온 신경을 집중한다고 한들 한계가 있기 마련입니다. 선조들도 이 사실을 알고 있었던 모양인지, 좌선에는 일주一炷라는 단위가 있습니다. 일주는 하나의 향이 다 타버리는 40분 정도의 시간으로, 저희 승려들은 이 기준에 맞춰 좌선을 합니다.

하나의 향이 다 타고 좌선이 끝나면 경행經行하는 시간을 갖습니다. 좌선을 풀고 천천히 호흡을 가다듬으며 조용히 걷는 시간이지요.

다 함께 절 안을 발걸음을 맞추며 걷습니다. 기분을 전환하는 데 매우 좋습니다. 말하자면 작은 휴식과 같은 것인데, 이로써 몸의 긴장이 풀리면서 새로운 마음으로 다시 좌선을 할 수 있게 됩니다.

이러한 좌선 수행의 방법이 여러분의 집중력을 높이는 데 좋은 실마리가 될 것입니다. 어떤 일이든지 강력하게 집중할 수 있는 시간은 고작 한 시간 정도입니다. 집중이 흐트러졌다 싶으면 무리하지 말고 잠시 휴식을 취하세요. 생각이 막힌 듯하면 잠시나마 그 안에서 빠져나오세요.

그리고 가능하다면 몸을 움직여보세요. 천천히 걷는다든지, 가볍게 스트레칭을 해보세요. 몸을 움직이면 자연스레 호흡이 활발해집니다. 정신과 밀접한 관계가 있는 호흡은 머리를 맑게 해줍니다. 몸을 움직일 수 없다면 심호흡을 크게 하는 것만으로도 도움이 됩니다.

번뜩이는 생각은 의식할 때 나오지 않습니다. 심신이 정돈되었을 때 무의식중에 나오는 것이지요.

생각이 막혔을 때는 그 생각에서 일단 빠져나오기, 이것만큼은 꼭 기억하시기 바랍니다.

조급한 마음이 들고
빨리 정답을 알고 싶어요.

본디 정답 같은 건 없답니다.

일이든 인생이든 현대인은 바로바로 정답을 알고 싶어합니다. 그것도 모자라, 이게 바로 정답이라며 자기가 생각해낸 답을 남에게 강요하기도 합니다. 정답을 빨리 알고 싶어하는 심정은 어느 정도 이해가 됩니다. 하지만 그전에 스스로에게 진지하게 자문해보는 것이 매우 중요합니다.

이런 일화가 있습니다. 두 승려가 경내에 앉아 있었습니다.

무심코 보니 경내의 번幡, 부처의 은덕을 기록한 깃발. 꾹대기에 종이나 비단 따위를 가늘게 오려서 단다이 바람에 나부끼고 있었습니다. 두 승려 중에 하나가 그 모습을 보며 말했습니다. "번이 나부끼고 있지만 움직이는 것은 번이 아니라 바람일세."

그러자 다른 승려가 이에 이의를 제기합니다. "무슨 소리야. 실제로 움직이는 것은 번이지, 결코 바람이 아닐세."

어느 쪽이 정답일까요? 두 승려는 결국 언쟁을 벌이고 말았습니다. 이때 지나가던 혜능스님慧能禪師, 당나라 시대의 선승으로 남종선의 시조이 두 승려의 말싸움을 듣고 이렇게 말했습니다.

"움직이는 것은 번도 아니요, 바람도 아니다. 너희 두 사람의 마음

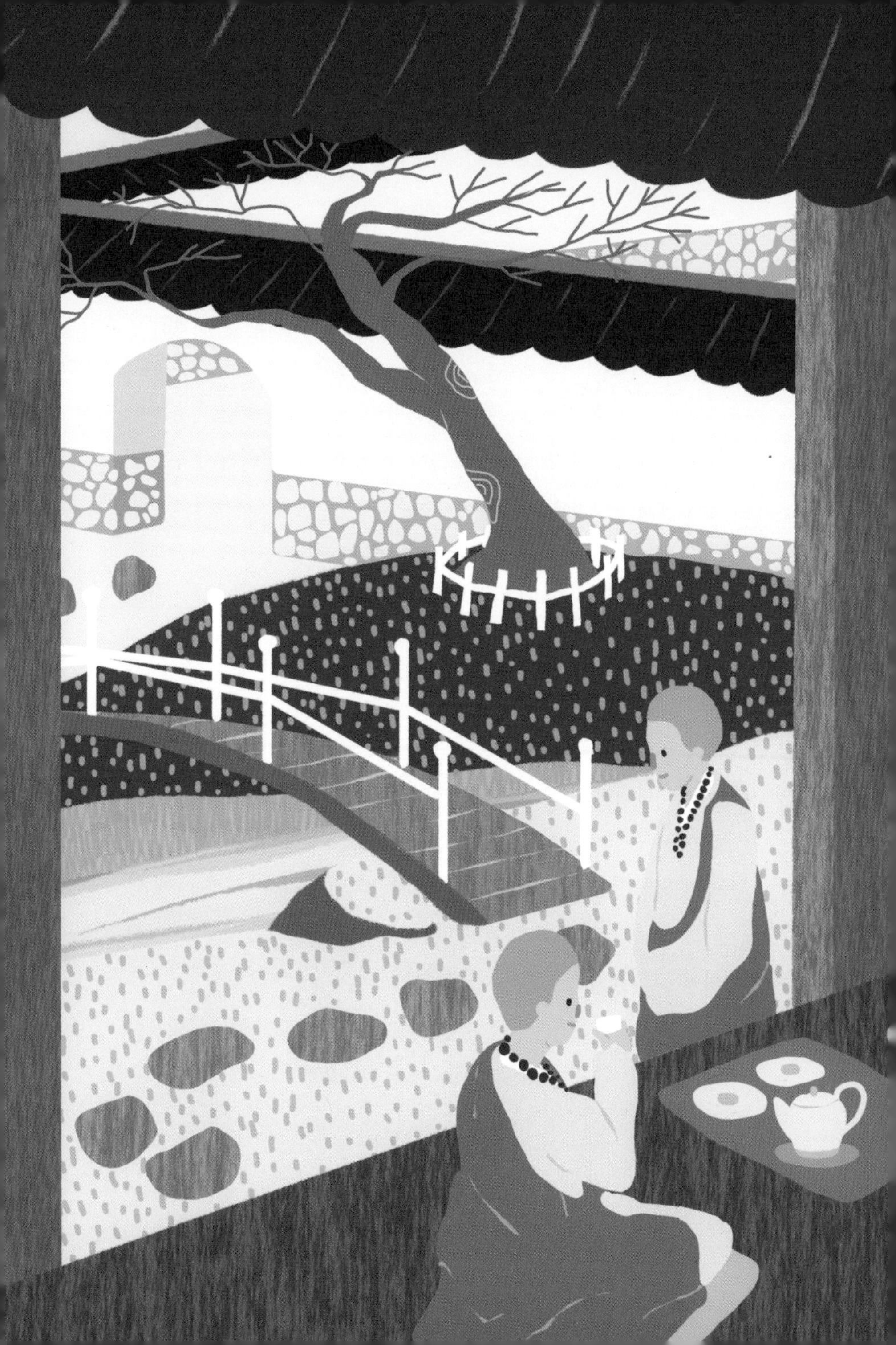

이다."

그러고서 자리를 떴다고 합니다.

두 사람의 주장은 둘 다 맞을 수도, 둘 다 틀릴 수도 있습니다. 중요한 것은 정답이 꼭 하나만 있지 않다는 사실을 깨닫는 일입니다. 그리고 나와 다른 의견에 대해서도 열린 마음으로 귀를 기울여야 합니다. 혜능선사는 이 가르침을 전하고 싶었던 것입니다.

서로 자기 주장만을 내세우다 보면 본질은 점점 퇴색됩니다. 정답 찾기에만 매달리다가 정작 왜 정답이 필요했는지조차 잊게 됩니다. 하나의 정답만을 고집하다가 중요한 것을 놓치지 마시기 바랍니다.

하나의 정답만을 찾지 않는 마음이야말로 친절과 배려와 같은 미의식의 원천이라고 저는 생각합니다.

인생은 참으로 애매하지요. 확실한 정답은 거의 없습니다. 지금 다니는 회사가 과연 정답이었는지, 지금의 배우자가 과연 내게 맞는지, 이런 물음에 대한 정답은 없습니다. 없는 정답을 억지로 찾으려 하니 괴롭습니다.

그러니 정답을 찾아가는 과정이 훨씬 소중하다고 저는 생각합니다. 불교의 선문답은 이런 사실을 깨닫게 해주지요.

불교에는 이런 일화가 있습니다. 한 제자가 스승에게 구자불성狗子佛性에 대해 묻습니다. 구자狗子란 개犬를 뜻합니다.

즉, "개에게도 불심佛心이 있나요, 없나요?"라고 물었던 것입니다. 이에 대해 스승은 "없다無"라고 대답합니다.

하지만 여기서의 '없다'는 '있다有', '없다'의 뜻이 아니라 절대적인 '무'를 뜻합니다. 이처럼 일반 사람은 이해하기 어려운 진리에 관한 문답을 계속 이어나가는 것이 선문답입니다. 선문답은 단순한 정답을 도출해내기 위한 것이 아닙니다. 답을 도출하는 것을 포기하는 것 또한 아닙니다.

핵심은 인생에는 명확한 정답이 없음을 깨닫는 것이지요. 진정한 내 마음과 마주하면서 하나만이 아닌 수많은 정답을 찾아내는 과정이 중요합니다.

인생에 정답은 강가의 조약돌처럼 무수히 많습니다. 그 조약돌 하나하나가 모인 것이 바로 인생이랍니다.

어떻게 해도
우울함을 벗을 수가 없습니다.

마음이 피곤하세요?
그럼 몸을 움직여보세요.

몇 년 전까지 일본의 연간 자살자는 3만 명 이상이었고, 그 10배인 30만 명이 자살 미수를 일으켰습니다. 자살의 주요 원인 중 하나인 우울증 환자는 지금도 600만 명에 이른다고 합니다. 한국 역시 심각한 수준이라고 들었습니다. 이 수치만 봐도 현대사회가 매우 심각한 상태라는 것을 알 수 있습니다.

왠지 기분이 가라앉고 의욕이 생기지 않는 일은 옛날에도 흔히 있었습니다. 사회 변동이 극심할 때 우울증이 증가했다고 합니다. 하지만 개인의 삶으로 들어가서 보면 기분은 좋을 때도 있고 나쁠 때도 있습니다. 사람이라면 당연하지요. 옛사람들은 기분전환을 통해 이런 우울한 기분을 슬기롭게 극복했습니다.

기분전환은 현재의 우울한 기분을 일단 옆에 내려놓는 것입니다. 옛사람들은 머릿속을 가득 매운 생각들을 모두 잊어버리기 위해서 자연 속에서 마음껏 몸을 움직이므로써 마음과 몸을 지켜냈습니다.

최근 우울증이 상당한 기세로 증가하는 이유는 생활환경 및 직장환경의 급격한 변화 때문이라고 생각합니다. 인간의 몸과 마음은 하나입니다. 마음이 지치면 몸을 움직여서 기분전환을 합니다. 그러면 기력이 회복됩니다. 마찬가지로 마음의 안정을 되찾으면 피곤함에서 벗어날 수 있습니다.

하지만 보통은 몸을 움직여서 기분전환을 할 수 있는 환경이 아닙니다. 자연과 계절을 느낄 수 없는 콘크리트 공간에 갇혀 하루 종일 컴퓨터 앞에 앉아 있어야 합니다. 폐쇄된 공간 안에 계속 있으면, 몸과 마음의 균형은 무너지게 됩니다. 반대로 농업이나 어업 종사자 중에는 우울증을 앓는 사람이 적다고 합니다. 그들은 자연 속에서 늘 몸을 움직이면서 일을 합니다. 몸이 고단하기는 하지만 그야말로 심신에 가장 좋은 일이라고 할 수 있습니다.

많은 공장에서 매일 아침 작업에 들어가기 전에 맨손체조를 합니다. 몸이 유연하지 않으면 자칫 사고로 이어질 수 있기 때문입니다. 이처럼 몸을 움직이는 시간을 마련하는 것도 좋겠지요.

몸이 피곤하면 나도 모르게 책상에 앉은 채 기지개를 펴게 됩니다. 그러지 말고 단 1분이라도 밖으로 나가서 마음껏 기지개를 펴보시기 바랍니다. 이것만으로도 몸과 마음의 균형이 일부 회복되는 걸 느낄 수 있습니다. 그 정도는 당장 할 수 있겠다, 그런 생각이 든다면 아직까지 큰 문제는 없어 보입니다. 마음이 너무 지쳐버리면 이런 사소한 것조차도 귀찮게 느껴지는 법이니까요. 기분전환이 필요하다는 걸 알면서도 행동으로 옮기기가 너무 버겁다면 일부러라도 더 몸을 움직이는 시간을 마련해보시기 바랍니다.

시험 삼아 점심시간 중 5분 동안 조용히 좌선하는 습관을 들여보세요. 꼭 바닥에 앉을 필요는 없습니다. 의자에 앉아서 또는 서서라도 좌선할 수 있습니다. 실제로 의자 좌선과 입선이라는 좌선방법이 있습니다. 조용히 자기 주변에 원을 그리고, 그 원을 의식하면서 호흡을 반복하며 무상무념의 시간을 갖습니다.

불편한 상황을 의도적으로 만들어보는 것도 한 방법입니다. 현대사회는 불편함을 기피합니다. 효율이 가장 우선되는 사회이기 때문이지요. 하지만 사람은 사실 그렇게 효율적인 동물이 아닙니다. 오히려 비효율이 많아야 살 수 있는 존재입니다. 그리고 비효율 속에 안식과 행복이 깃들어 있습니다.

대부분 회사에서는 연락수단으로 이메일과 내선전화, 인트라넷 등을 사용합니다. 앉은 자리에서 바로 상대방에게 전달되므로 확실히 효율적입니다. 하지만 직접 걸어가서 메세지를 직접 상대방에게 전달해보세요. 일부러 계단을 이용해 상대방이 있는 층까지 걸어가서 말로 전하는 것이지요. 이처럼 생활 속에 약간의 의도적으로 불편함을 주게 되면 의외로 기분전환이 될 수 있습니다.

마음의 병을 고치는 약은 가까이에 있답니다.

지금 맡은 업무가
너무 버겁습니다.

결과나 평가에 신경 쓰지 말고,
일단 눈앞의 일에만 집중하세요.

인간은 누구나 순진무구한 마음을 가지고 태어납니다. 더럽혀지지 않은 상태로 마음속에 부처님을 모시고 태어나죠. 이것이 불교에서 생각하는 탄생의 개념입니다.

어렸을 적을 떠올려보세요. 정말 순수한 눈으로 세상을 바라봤을 것입니다. 어린아이들은 깨끗한 마음으로 아름다운 것을 아름답다고 느낍니다. 남의 눈을 의식하지 않고 자기 마음에 솔직하게 살아갑니다. 이 모습이야말로 본래의 내 모습입니다.

그때는 머리로 계산 같은 건 하지 않았습니다. 친구를 사귈 때도 서로 마음이 맞으면 됩니다. 얘는 공부를 잘하니까 혹은 집이 부자니까 친해지면 뭔가 이득이 있겠지, 어린아이들은 이런 생각은 전혀 하지 않습니다. 지금 아이들이 약았다고 하는 것은 그들 부모가 지닌 탐욕이 아이에게도 전해져서 그렇습니다.

그런데 어른이 되면서 색안경을 끼고 남을 판단하기 시작합니다. 사회적으로 지위가 높은 사람에게는 두 손을 비벼가며 접근하고, 나보다 못나 보이는 사람에게는 거만한 태도를 취합니다. 늘 머릿속에서 계산기를 두드리며 관계를 맺으려 합니다. 자신보다 주변의 평가에 더 가치를 두기 때문입니다.

스스로에 대한 평가도 마찬가지입니다. 사람이라면 누구나 능력을 가지고 있습니다. 그 종류는 천차만별이지만 무능력한 사람은 하나도 없습니다. 한 사람 한 사람 모두 자신만의 능력과 재능을 가지고 있습니다.

그런데 왜 그 능력을 발휘하지 못하는 걸까요? 왜 자신의 능력을 깨닫지 못하는 걸까요? 역시 평가에 너무 연연하기 때문에 그렇습니다.

예를 들어 자신의 능력을 스스로 잘 알고 있는데 그 능력을 상사가 좋게 평가해주지 않는다고 가정해봅시다. 상사로부터 늘 "넌 안 돼"라는 말을 들어 속이 상합니다. '더 이상 상사에게 혼나기 싫어', '좋은 평가를 받고 싶어' 머릿속에 온통 이런 생각뿐이라면 마음은 점점 위축될 뿐입니다. 스스로 자기 목을 조이며 모처럼 타고난 능력을 자기 테두리 안에 가두게 됩니다. 안타까운 일이지요. 하지만 이는 본래의 내 모습이 아닙니다.

인간이 가진 능력은 헤아릴 수 없습니다. 대부분의 인간은 가진 능력의 반도 활용하지 못한다고 합니다. 반대로 생각해보면 누구나 무한한 능력과 가능성을 가지고 있다는 뜻입니다.

주변의 평가에 휩쓸리지 않고 본래의 나 자신을 바라보는 것이 중요합니다. 그러나 조직 안에서 일하고 있는 이상 상사의 평가를 완전히 무시할 수는 없습니다.

"이게 진정한 내 모습입니다"라고 말한들 상사에게 인정받지 못한다면 아무 소용이 없습니다. 그렇다면 어떻게 하는 것이 현명할까요?

바로 지금 눈앞에 놓인 일에 전력투구하는 것입니다. 지금 내가 하고 있는 일을 내가 좋아하느냐 안 하느냐는 중요하지 않습니다. 맞고 안 맞고도 중요하지 않아요. 무조건 온 힘을 다해 그 일을 해야 합니다.

어린아이들이 노는 것처럼 시간 가는 줄도 모르게 그 일에 빠져 보세요. 결과는 생각하지 말고 단지 내 눈앞에 놓인 일에 매진하세요. 이렇게 집중할 때 내 능력은 발휘됩니다.

본래의 내 모습을 잃지 마세요. 나에게 주어진 능력을 과소평가하지 마세요. 남과 비교하지 말고, 나는 유일무이한 존재라는 사실을 스스로 명심하기 바랍니다.

산다는 것은 바로 나 자신을 아끼고 사랑하는 것이니까요.

부자가 되고 싶어요.

집착하면 할수록
돈은 따라오지 않습니다.

현대사회에서는 아무래도 돈이 필요합니다. 저희 승려들의 임무는 수행하는 것이지만, 생활하려면 저희에게도 어쩔 수 없이 돈이 필요합니다. '돈 같은 건 전혀 필요치 않아' 그렇게 말할 생각은 눈곱만큼도 없습니다. 승려들도 그러할진데 평범한 사람들이 경제적인 여유를 바라는 것은 너무도 당연합니다. 또 이런 욕심이라도 있어야 매일같이 고된 근무를 견뎌낼 수 있는 거겠지요.

그럼 우리는 단지 돈을 벌기 위해서 일하는 걸까요? 돈만 벌 수 있으면 무슨 일이든 상관없을까요? 아닙니다. 단지 돈 때문에 일하는 것은 절대 아닙니다.

극단적인 사례를 하나 소개하겠습니다. 베트남전쟁 당시 수많은 미국 병사들이 희생되었습니다. 이 병사들의 시신은 미국 본토로 운송되기 전에 먼저 일본 요코하마横浜 네기시根岸에 있는 미군기지로 이송되었습니다. 왜 그랬을까요? 시신들은 전쟁으로 손발이 잘려 나가거나 얼굴이 뭉개지는 등 너무나 심하게 훼손되어 있었습니다. 그 상태로 유족들 품으로 돌려보내기에는 너무나 처참했기 때문에 먼저 일본에서 정리를 한 다음 본국으로 이송하기로 한 것이었지요.

그런데 시신들의 숫자가 너무나 많아서 미군 기지의 인원으로는 도저히 감당해낼 수가 없었습니다. 그래서 주변에 거주하는 일본인을 대상으로 시신을 씻고 상처를 봉합하는 임시직을 모집했습니다. 하루 일당으로 30만 원 정도가 지급되었는데, 당시로서는 상당한 금액이었습니다.

일당을 보고 많은 지원자들이 모였습니다. 하지만 대부분 이틀도 다 채우지 못하고 그만두었다고 합니다. 아무리 돈을 많이 받아도 견딜 수 없을 정도로 시체의 상태가 참혹했던 것이지요. 그러나 기지에 근무하는 미국 병사들은 특별수당도 마다하고 그 업무를 완수해냈습니다. 왜 그들은 그 일을 끝까지 해낼 수 있었을까요?

사명감 때문이었습니다. 내 동료가 목숨을 잃고 시체로 돌아왔는데 몸의 상처만이라도 내 손으로 봉합해주고 싶다는 마음이 있었기에 그 고된 작업을 해낼 수 있었던 것입니다. 반면 돈이 목적이었던 사람들은 이 일을 끝까지 해낼 수 없었습니다. 참담한 일화지만, 여기에 일의 본질이 깃들어 있습니다. 모든 일에는 반드시 괴로움과 고됨이 따릅니다. 즐겁기만 한 일은 없습니다.

그럼 괴로움에 맞설 수 있게 하는 원동력은 무엇일까요? 절대로 돈이 아닙니다. 일에 대한 진지한 사명감과 태도입니다. 이것이 없으면 절대로 일을 완수해낼 수 없습니다.

항상 이해득실만을 따지는 사람들이 있습니다. 이 일은 벌이가 된다, 저 일은 돈이 안 되니까 적당히 하면 돼. 이런 사람들은 나한테 유익한 사람에게는 머리를 조아리고, 내게 무익한 사람들은 거들떠보지도 않습니다. 하지만 저는 그런 사람들 중에서 실제로 부자가 된 이를 본 적이 없습니다.

집착하면 할수록 따라오지 않는 게 돈입니다.

좋은 아이디어가 떠오르지 않아요.

자연과 접하는 시간을 가져보세요.
머리로 생각하지 말고
몸으로 느껴보세요.

좌선을 할 때 저희 승려들은 무념무상 상태가 됩니다. 이것저것 생각하지 않고 의식이 흘러가는 대로 놔두는 백지 상태로 마음을 놓습니다. 이때 머리는 무상무념이지만 몸은 자연에 민감해집니다.

한겨울 추운 아침에는 한기를 느끼기도 하며, 한여름 뜨거운 낮에는 뺨에 흐르는 땀을 느끼기도 하지요. 이런 몸의 감각에 의식을 집중합니다. 추위나 더위에는 형태가 없습니다. 눈에 보이지도 않으며 머리로 이해할 수도 없습니다. 이것은 몸이 감각적으로 느끼는 것들입니다. 즉 추위도 더위도 살아 있기에 느낄 수 있습니다. 손으로 꼬집었을 때 아픔을 느끼는 것도 내가 살아 있기 때문에 가능합니다.

텔레비전 일기예보에서 오늘 낮 최고기온은 5도라고 방송합니다. 낮 최고기온이 5도라고 하면 보통 춥다고 생각하지요. 그런데 사실 5도라는 숫자에는 아무 의미도 없습니다. 이는 머리로 생각해낸 숫자에 지나지 않습니다.

같은 5도라 해도 경우에 따라서는 따뜻하게 느낄 수도 있습니다.

30도를 시원하게 느낄 수도 있습니다. 핵심은 자신이 어떻게 느끼느냐입니다. 머리로만 생각해낸 것은 큰 의미가 없습니다.

일할 때 너무 수치나 데이터만을 고집하면 자칫 사물의 본질을 놓칠 수도 있습니다. 예를 들어 내일부터 12월이니 상품을 겨울용으로 바꾸자는 상황을 가정해봅시다. 따뜻한 사무실 안에서 데이터만을 보고 바깥의 추위를 예측하면서 상품 전개를 해나갑니다. 물론 크게 잘못된 것은 아니지요. 하지만 뭔가 본질에서 벗어난 듯합니다.

머리로 생각해내는 것이 아니라 바깥으로 나가서 내 몸으로 직접 느껴보는 것이 중요합니다. 12월이지만 올 겨울은 유난히 따뜻할 수도 있습니다. 벚꽃이 피었지만 아직 추위가 가시지 않았을지도 모릅니다. 이처럼 내 몸으로 직접 느껴봐야 여러 가지가 보이기 시작합니다.

아이디어가 잘 떠오르지 않아서 고민이신가요? 그럼 바깥으로 나가 자연을 느껴보세요. 하루 종일 책상 앞에 앉아 컴퓨터를 째려본들 떠오르는 것은 아무것도 없습니다. 5분이라도 좋으니 회사 밖으로 나가 자연의 공기를 직접 온몸으로 느껴보세요.

불어오는 바람을 느끼고, 떨어지는 빗방울을 어깨로 맞고, 더위에 땀을 흘려보기도 하면서 내가 살아 있음을 실감해보세요. 아이디어는 이때 떠오릅니다. 왜냐하면 모든 상품과 기획은 살아 있는 사람을 대상으로 하기 때문입니다. 이러한 작업은 좌선과 일맥상통하는 데가 있습니다.

또한 생활하면서 편리함에 너무 몸을 가두지 마시기 바랍니다. 예를 들어 1층에서 5층 사무실로 이동할 때 엘리베이터로 가면 물론 빨리 도착하겠지요. 하지만 이러한 효율은 아무것도 창조해내지 못합니다. 반면 계단으로 올라간다면 다양한 사실을 깨닫게 됩니다. 송골송골 콧등에 맺히는 땀으로 '아, 벌써 여름이 왔구나' 하고 계절감을 느낄 수 있습니다.

평소에는 별로 힘들지 않았는데, 오늘은 4층에서 피곤함을 느낀다면 '어디 몸이 안 좋은가?' 하고 내 몸의 변화도 감지할 수 있습니다. 이것이 바로 살아 있음입니다. 불편함이 꼭 부정적인 것만은 아니랍니다.

역에서 집까지 도보로 20분이나 걸려서 불만이신가요? 매일 왕복 40분, 자연과 접할 수 있는 귀중한 시간을 확보했다고 생각을 바꿔보시기 바랍니다.

일이 너무 힘들어요.

일의 주인공은 바로 나입니다.
드라마 속 주인공처럼
멋지게 완수해내세요.

저는 젊어서부터 정원 디자인을 좋아했습니다. 공간을 디자인하는 게 즐거워서 취미 삼아 하던 일이었는데, 어느 날부터 의뢰가 들어오기 시작했습니다. 그러다 자연스레 제 직업 중 하나가 되었습니다.

하지만 저는 절의 주지스님입니다. 이 일도 소홀히 할 수는 없습니다. 얼마 전까지만 해도 늦은 새벽까지 디자인 작업을 하는 경우가 많았습니다. 하지만 아무리 늦게 잠자리에 들더라도 새벽 4시 반에는 꼭 일어나 아침 명상을 합니다. 승려로서 반드시 해야 할 일이기 때문이지요. 너무 바쁘게 사는 저를 보며 사람들은 "힘들지 않으세요?"라고 걱정을 해주십니다.

어떻게 이런 생활이 가능하냐고요? 그 이유는 나 자신이 주체가 되어 디자인 일과 승려로서의 수행을 주체적으로 하기 때문입니다. 어느 하나라도 누구 지시 때문에 하는 일이라고 여겼다면 당장에 그만두었을 것입니다. 누가 시켜서 한다는 생각이 드는 순간 일은 괴로움으로 바뀌어 버립니다. 많은 사람들이 상사의 명령 때문에, 마감시간 때문에 일한다고 생각합니다.

하지만 어차피 해야 할 일이라면 내가 주체가 되어야 합니다. 생각해보세요. 아무리 위에서 시킨 일이라도 나한테 주어진 순간부터 그 일은 내 일이 됩니다. 내게 주어진 일의 주인공은 바로 나입니다. 다른 누구도 아닌 바로 내가 이 일의 주인공이야. 그렇게 인식하기 시작하면 주인공만이 가능한 아이디어를 생각해보게 됩니다. 자료를 작성한다면 보기 편한 방법을 생각해본다든지, 완성까지 3시간이 주어진다면 2시간 만에 완성해내는 방법을 궁리해보는 것이지요. 아무리 작은 일이라도 '이번 기회에 주인공으로서의 위엄을 드러내보자' 이런 마음가짐으로 임한다면 일이 점점 재미있어집니다.

한편 일 자체가 마음에 들지 않는 사람들도 있습니다. 나에게는 더 맞는 다른 일이 분명히 있을 거라고 믿는 것이지요. 저는 그들에게 이 말을 하고 싶습니다. 일이란 원래 고달픈 것입니다. 비율로 따지면 80퍼센트는 고됩니다. 나머지가 즐겁게 느껴진다면 그 일은 내 적성에 맞는 거랍니다. 그 소소한 즐거움을 위해 전력투구해보세요. 나도 모르는 사이 일과 일 사이에서 즐거운 지점을 찾아낼 겁니다. 즐거움이 전혀 없는 일이라면 벌써 이 세상에서 사라졌겠지요. 그렇게 생각하면 지금 존재하는 모든 일에는 즐거움이 있다는 뜻이 됩니다.

나 자신이 주체가 되어 사는 것이 선의 개념입니다. 모든 인생의 주인공은 나 자신입니다. 남의 인생을 사는 게 아니라 모두 각자 내 인생을 살고 있습니다. 남의 일이나 회사가 부럽다면 이 사실을 머릿속에 각인시키세요. 결국 남과 비교한들 달라지는 것은 아무것도 없습니다. 내 인생의 주인공은 오직 나밖에 없으니까요.

나에게 주어진 일은 내가 주체가 되어 해낼 수밖에 없습니다. 지금 하는 일이 누가 시켜서 하는 일처럼 느껴진다면 그 일을 정면으로 받아들이지 않고 있다는 뜻입니다. 어차피 상사가 시킨 일이야, 일이란 게 원래 그렇지. 계속 삐딱한 시선으로 일을 바라본다면 절대로 앞으로 나갈 수 없습니다. 이런 자세를 취한다면 정작 중요한 것들이 나를 피해 지나가버립니다.

일을 정면으로 마주해보세요. 그것이 주인공으로서 해야 할 임무입니다.

지금의 제 처지가 한심스럽습니다.

장소가 바뀐들
달라지는 건 없습니다.

죽음이 임박해오면 머릿속에 여러 생각들이 스쳐 지나간다고 합니다. 이때 많은 사람들이 후회를 합니다. '그때 그럴걸 그랬어.' 인생을 되돌아보면서 하지 못한 일을 헤아려봅니다. 사실 매일같이 수행을 거듭하는 승려들조차 훌륭하게 임종을 맞이하기는 쉽지 않습니다.

신자 중의 한 분이 돌아가셨을 때의 일입니다. 장례식을 논의하러 그의 아들이 저를 찾아왔습니다. 고인은 연로했지만 평소 무척 건강했기 때문에 가족들의 아쉬움이 크지 않았을까 하는 생각이 들었습니다.

그런데 아들의 이야기를 듣고 저는 깜짝 놀랐습니다.

"아버지는 임종하시기 바로 직전, '내 인생, 만세!'를 외치며 돌아가셨어요. 내 삶에 후회는 없다시면서 진짜로 그렇게 생각하는 것처럼 온화한 표정으로 숨을 거두셨지요."

죽는 순간에 '내 인생, 만세!'를 외칠 수 있다니, 참으로 부럽습니다. 이는 내 인생을 잘 살아냈다는 확신이 있어야만 가능하겠지요.

자세히 이야기를 들어보니 그는 제2차 세계대전이 끝난 후 만주에서 혈혈단신으로 일본으로 돌아와 대기업 자동차 회사에서 영업직으로 일했다고 합니다. 그 후 이직한 회사에서는 자동차의 잠금 시스템을 만들어냈고, 일본 최초로 동전 투입 사물함까지 개발해냈습니다. 골프장에 그 제품을 납품해야겠다는 생각으로 매일같이 전국의 여러 골프장을 누비며 골프를 치고, 자기 회사의 동전 투입 사물함을 소개했습니다. 그런 각고의 노력 끝에 결국 일본 골프장 대부분에 그가 개발한 사물함이 놓였다고 합니다. 그리고 그 결과 그 회사 사장, 최종적으로는 회장으로까지 승진할 수 있었습니다.

하지만 그가 만세를 외친 것은 자신의 성공 때문이 아닐 것입니다. 원래 골프를 좋아했고, 좋아하는 일을 깊이 들여다보며 사람들이 필요로 하는 물건을 만들어냈습니다. 그리고 많은 이들로부터 사랑을 받았습니다. 이것이 그의 기쁨이었다고 아들은 말했습니다.

나에게 주어진 일에 최선을 다하는 과정에서 자연스럽게 자신이 해야 할 일을 만나게 됩니다. 그 일을 열심히 하다 보면 어느새 나만이 할 수 있는 일을 찾게 됩니다. 그러면서 인생을 온전히 살아냈다는 만족을 누릴 수 있게 되지요. 이 만족이야말로 사람의 행복이 아닌가 싶습니다.

이렇게 자신만의 방식으로 삶을 사는 것은 어느 일에서나 가능합니다. 대기업이어야 한다든지 화려한 직업인 것과는 전혀 상관이 없지요.

우리는 어느 곳에 있든지 만족스러운 인생을 살 수 있습니다. 주어진 환경과 가지고 태어난 재능 안에서 자신이 해야 할 일을 열심히 완수해낸다면 누구나 내 인생을 온전히 살아냈다는 만족을 얻을 수 있습니다. 그리고 '내 인생, 만세!' 를 외치면서 이 세상을 떠나는 거지요. 어떤 가정을 꾸리고 어떤 업적을 남기느냐는 하나의 과정에 불과합니다. 내가 내 인생을 온전히 산다면 자연스레 뒤따라오는 것들입니다.

인생은 남의 것이 아니라 내 것입니다. 너무나 당연하지만 이 사실을 명심하고 그렇게 살도록 노력하시기 바랍니다.

인생에 후회를 남기고 싶은 사람은 아무도 없습니다. 마지막 순간에는 누구나 만족하면서 이승을 떠나고 싶겠지요. 그러려면 지금 해야 할 일에 전력투구해야 합니다.

남과 비교하거나 스스로의 처지를 비관하면서 한탄하지 마세요. 내게 주어진 일에 오직 매진하시기 바랍니다.

부당한 방법으로 승진한 사람을
용서할 수가 없어요.

남을 시기한들
변하는 건 하나도 없습니다.

자꾸 남과 비교하고, 자꾸 상대방을 부러워하고, 그것도 모자라 상대방을 욕하기까지 합니다. 우리 모두에겐 그런 시기와 질투가 있습니다.

조직에는 상사에게 온갖 아첨과 아부를 떨며 승승장구하는 사람들이 있습니다. 누가 봐도 실적만으로 일궈낸 결과로 볼 수 없는 경우가 있지요. 하지만 상사도 사람이기에 이 부분은 어쩔 수가 없습니다. 그런 부당한 방법으로 승진한 사람을 보면서 "아부만 떨 줄 알지, 나는 저런 식으로 승진하지는 않을 거야"라고 욕하는 경우가 많습니다.

하지만 정말 그렇게 생각한다면 절대로 남을 욕하지 않습니다. 나도 저렇게 아부를 떨고 싶은데 안 되니까 시기하고 욕하는 것이지요. 남을 시기하거나 부러워한다고 달라지는 것은 아무것도 없습니다. 내 위신만 깎일 뿐이지요. 하지만 사회생활을 하는 이상 남과 비교하지 않을 수는 없습니다. 싫어도 어쩔 수 없이 남을 신경 쓰게 되지요. 이 또한 사람의 본성입니다.

상대방의 무엇에 주목하는가, 이것이 중요합니다. 상대방의 월수입이나 부동산 등의 재산, 사내에서의 지위와 실적에만 자꾸 눈이

간다면 인생에서 가장 쓸데없는 데 시간을 쓰는 셈입니다. 남과 비교하고 시기한들 변하는 건 전혀 없기 때문이지요. 부러운 마음에 좀 더 분발한다면 모를까, 그냥 신세 한탄만 하다 끝날 거라면 차라리 자신이 해야 할 일에 주목하세요.

나도 모르게 자꾸 남과 비교하게 된다면 눈부신 상대방의 빛 자체를 바라보시기 바랍니다. 몇 번씩 강조하지만 우리에게 가장 중요한 것은 지금이라는 시간을 열심히 사는 일입니다.

결과를 생각하기보다는 지금 해야 할 일에 매진하는 사람에게 주변 사람들은 매력과 에너지를 느낍니다. 그리고 그런 사람의 주위에는 사람들이 모여들지요. 사람들이 모여드니 결과 또한 자연스레 좋아집니다. 이것이 세상이 돌아가는 이치입니다.

지금 빛나고 있는 사람을 잘 관찰해보세요. 그리고 과연 나는 열심히 노력하고 있는지 스스로 반성해보시기 바랍니다.

훈습薰習이라는 불교용어가 있습니다. 예로부터 일본에는 고로모가에衣替え, 철 따라 옷을 갈아입는 것. 옛날에는 음력 4월 1일과 10월 1일에 갈아입었다라는 풍습이 있습니다. 옛날 선조들은 계절이 바뀌면 방충제 역할로 향을 피우면서 옷을 정리했습니다. 그리고 다시 계절이 돌아오면 옷장에 정리해두었던 옷을 꺼내게 되는데요. 이때 옷에 배어 있던 좋은 향내가 납니다. 이 향기는 옷 자체에서 나는 게 아닙니다. 원래

옷에는 아무 향기도 나지 않아요. 어디까지나 향의 향기가 옷에 밴 것입니다.

사람도 마찬가지입니다. 열심히 노력하며 빛을 발하는 사람의 곁에 있으면 나도 모르는 사이 그 빛이 나에게도 옮겨옵니다. 그 사람의 언행과 생각으로부터 많은 것을 배울 수 있기 때문에 나 자신도 성장하게 되는 것이지요.

그 빛이 꼭 화려할 필요는 없습니다. 열심히 노력하는 사람이라면 언제 어디서나 은은하고 아름다운 빛을 내게 마련이니까요. 부러워하는 마음을 버려 보세요.

중요한 것은 무엇을 바라보고, 무엇을 배워야 할지를 생각하는 것입니다.

6장

서두를 필요 없습니다

자연의 흐름에 몸을 맡기세요

끈기가 부족해서 고민입니다.

성실에도
적당함이 필요합니다.

흔히 요즘 젊은이들은 멘탈이 약하다고 합니다. 조금이라도 혼이 나면 금세 풀이 죽고, 심하면 이를 계기로 회사에 사표를 내기도 합니다. 확실히 사회가 풍요로워졌기 때문에 옛날만큼 근성이 필요하지 않을 수도 있겠지요. 하지만 꼭 그 때문만은 아닐 것입니다.

요즘 젊은이들은 동시에 지나치게 성실합니다. 지시받은 일은 반드시 해야 한다고 생각하며, 달성하지 못하면 자신을 비난합니다. 하지만 남에게 받는 비난보다 스스로에게 가하는 비난이 훨씬 더 괴로운 법입니다. 그렇게 자신을 점점 더 궁지에 몰아넣습니다.

조금은 적당히 해도 괜찮답니다. 적당함이 꼭 태만함이나 게으름을 뜻하는 건 아니니까요. 적당함이란 어떤 부분에서는 긴장을 좀 풀어도 된다는 뜻입니다. 나에게 알맞은 적당함을 알아두는 것이 좋습니다. 주어진 일을 100퍼센트, 완벽하게 달성해내려는 마음가짐은 매우 중요합니다. 처음부터 적당히 해서는 안 되지요.

하지만 일이라는 게 항상 계산대로 진행되지는 않습니다. 대개의 경우 상사는 부하에게 그의 실력보다 좀 더 어려운 일을 맡기는 경우가 많습니다. 쉽게 달성할 수 있는 일만 하다 보면 실력이 향상되지 않기 때문이지요. 팀원의 미래에 대한 기대치가 크면 상사는 어려울 줄 알면서도 부하에게 일부러 높은 달성치를 부과하기도 합니다.

120퍼센트 노력했는데 80퍼센트 밖에 달성하지 못했어. 그래, 다음에는 꼭 100퍼센트 달성을 목표로 해야겠다. 이런 반복 작업이 바로 '일'입니다. 달성하지 못한 사실을 진지하게 받아들이되 균형 잡는 요령을 익히시기 바랍니다.

우리가 살면서 하는 고민은 크게 3가지로 나눌 수 있습니다. 첫 번째는 내 노력으로 해결되는 고민입니다. 사무처리가 늦거나 서류작성이 서툰 것은 내 노력으로 얼마든지 해결이 가능합니다.

두 번째는 고민할 가치가 없는 고민입니다. 해외여행에 가고 싶고, 새 차를 뽑고 싶은데 돈이 없다. 이런 종류의 고민은 인생의 귀중한 시간을 허비하는 것이나 마찬가지입니다. 지금이라도 당장 헛된 욕망은 버리세요. 그리고 내가 해야 할 일에 정신을 집중하세요.

그리고 가장 중요한 것이 세 번째 고민입니다. 이것은 개인의 노력이나 힘으로는 해결할 수 없는 고민입니다. 인생에는 이런 고민이 반드시 있습니다. 갑자기 자연재해를 당하거나 중병에 걸린다면 이보다 더 괴롭고 어려운 일은 없겠지요. 이런 고민에는 어떻게 대처해야 할까요? 이때는 억지로 해결하려고 하지 말고 자연의 흐름에 몸을 맡기세요.

불교 용어 중에 임운자재任運自在란 말이 있습니다. 세상의 만물은 스스로 움직인다는 뜻입니다. 봄이 오면 꽃이 피고, 가을이 되면 낙엽이 집니다. 인간의 지혜로도 당해낼 수 없는 자연 속에 우리는 살고 있습니다. 그러므로 이에 거스르지 말고 자연의 흐름에 몸을 맡기세요. 그렇게 살다 보면 죽을 것만 같은 지금의 고민도 언젠가는 희미해지겠지요. 그렇게 생각하시기 바랍니다.

"몸부림 쳐봤자 별 수 있나. 어떻게든 되겠지."
이런 마음가짐이 중요합니다.

사람들에게
신망을 못 얻는 것 같아요.

실적이나 지위보다는 사람들 마음속에
기억되는 것이 중요합니다.

저는 지금까지 수많은 장례식을 거행해왔습니다. 그때마다 느끼는 것은 그 사람이 어떤 인생을 살았고 사람들과 어떤 관계를 맺어왔는지는 장례식 현장에서 바로 알 수 있다는 생각입니다.

A씨와 B씨, 두 분의 장례식을 거행했을 때의 일화입니다. A씨는 모 대기업의 임원이었습니다. 늘 말쑥한 옷차림을 한 그의 모습은 늘 당당함으로 가득 차 있었지요. 그런 A씨가 사망한 뒤, 그의 장례식을 의논하러 가족들이 저를 찾아왔습니다. 가족들은 생전의 모습에 걸맞게 성대한 장례식을 치르고 싶어했습니다. "아마 조문객이 상당히 많을 겁니다. 그에 걸맞게 잘 부탁드립니다." 고인의 부인은 이렇게 말했습니다.

저는 부인의 부탁대로 준비를 했습니다. 그런데 막상 장례식 당일이 되니 유족이 예상한 만큼의 조문객은 오지 않았습니다. 장례식장에 온 문상객들마저 조문을 마치면 바로 가버렸습니다. 다음날조차 사람이 없어 매우 한산했습니다. 자리를 지키던 유족들의 모습이 너무나 쓸쓸해 보여서 보기 안쓰러울 정도였습니다.

한편 B씨는 동네에서 작은 공장을 운영했습니다. 몇 번의 도산 위기가 있었지만 그때마다 죽을힘을 다해 가까스로 공장을 살려냈고 끝까지 공장을 지켜냈습니다. 이렇다 할 실적을 크게 내지는 못했지만 종업원과 가족의 생계를 위해 늘 열심히 일했습니다. 항상 작업복 차림으로 절에 왔던 그는 늘 상냥하게 웃고 있었지요. 그 미소가 참 인상적이었습니다.

그런 B씨가 죽자 그의 아들이 장례식을 논의하러 절을 찾아왔습니다.

"저희 아버지는 내세울 만한 업적이 없습니다. 공장도 영세했기 때문에 거래처도 얼마 없어요. 그래서 조문객이 얼마 안 될 겁니다. 100명 정도 예상하시면 충분할 거예요." 아들은 그렇게 말했습니다. 장례식에 많은 비용을 들일 형편도 아니어서 간소하게 치를 생각인 듯 했습니다.

그런데 실제 장례식에는 놀랍게도 예상을 훨씬 뛰어넘는 문상객들이 찾아왔습니다. 첫날부터 조문객들이 끊임없이 몰려왔지요. 분향 후에도 바로 가지 않고 하나같이 아들에게 와서는 꼭 위로의 말을 전했습니다.

"생전에 아버님께는 정말 신세를 많이 졌답니다."

"제가 지금 이렇게 살 수 있는 것도 다 아버님 덕분이에요."

"언젠가 꼭 이 은혜를 갚아야겠다고 생각했었는데, 이렇게 일찍

가버리시다니….”

눈물을 흘리며 아들의 손을 잡는 사람도 있었습니다. 아들도 그 손을 마주잡고 함께 눈물을 흘렸습니다.

장례식이 끝나고 아들은 저에게 이런 말을 남겼습니다. “아버지는 정말 많은 사람들에게 존경을 받으셨네요. 정말 아버지가 자랑스럽습니다.”

두 사람의 장례식을 비교하려는 것은 아닙니다. 다만 세상을 떠날 때의 모습은 살아생전의 모습과 다를 수도 있다는 사실을 다시 한 번 절감했습니다.

좋은 인생이란 무엇일까요?

그건 실적이나 성공 횟수로 나타낼 수 없습니다. 아마도 각자의 마음속에 있지 않을까요?

“참 좋은 사람이었지.” “더 이상 볼 수 없다니 정말 슬프다.” 자신이 죽고 난 뒤 이렇게 생각해줄 사람이 과연 얼마나 있는지, 나는 얼마나 남을 위해 살아왔는지 한 번 돌이켜보세요. 성공한 인생의 척도란 바로 그런 것이 아닐까요?

오늘… 실직했어요.

자, 이제 다음 단계로
나아갈 때입니다.

실적 악화로 회사에서 해고되거나 회사가 망해서 일자리를 잃는다면 그 충격은 상당할 것입니다. 게다가 부양해야 할 가족까지 있다면 참으로 절망적이겠지요. 앞이 보이지 않는 불안은 생각보다 심각합니다. 그 심정은 충분히 이해합니다. 하지만 계속 절망하고만 있다면 한 발자국도 앞으로 나갈 수 없습니다.

전화위복이라는 말처럼 화를 좋은 방향으로 바꿔야 합니다. 납득하기 어려운 해고를 당했다면 이를 도약의 발판으로 삼겠다는 강한 의지를 보여야 합니다.

"훨씬 더 좋은 실적을 내서 나를 해고한 회사에 설욕하고 말겠어." "열심히 일해서 해고한 걸 기필코 후회하게 만들 거야." 그런 오기만 있다면 언젠가 분명히 좋은 일이 생길 것입니다.

프로야구 선수들 중에도 퇴출 후에 다시 입단한 다른 구단에서 눈부신 활약을 하는 이들이 아주 많습니다. 아마 보란 듯이 성적을 내고야 말겠다는 강한 오기 때문이겠지요. 뒤집어 생각하면 예전 구단에 있을 때는 나태해져 큰 노력 없이도 계약 갱신은 무난할 거라고 혼자 착각했을 수도 있습니다. 이건 회사원에게도 그대로 적용이 됩니다.

이 회사는 계속 다닐 수 있으니까 괜히 실수해서 나쁜 평가를 받느니 차라리 무난하게 주어진 일만 해내자. 이런 사람이 구조조정 1순위가 되는 게 아닐까요?

저는 불교의 가르침 중 하나인 본래무일물本來無一物이라는 말을 들려주고 싶습니다. 인간은 이 세상에 태어날 때 무일물, 즉 아무것도 가진 것이 없습니다. 벌거숭이로 이 세상에 태어나지요.

하지만 어른이 되어 사회생활을 해나가면서 다양한 것을 손에 쥐게 됩니다. 그건 돈일 수도 있고 직업일 수도 있습니다. 혹은 가족이거나 친구일 수도 있습니다. 그렇게 많은 것을 얻으면서 행복하다고 느낍니다.

그런데 인간은 무언가를 한 번 손에 넣으면 그것을 잃을까 봐 두려워합니다. 절대로 놓치지 않으려고 안간힘으로 지켜내려 하지요. 이것이 바로 집착입니다. 집착이 생기면 불안과 공포가 마음속에 싹틉니다.

뭔가를 손에 넣는 게 나쁘다는 것이 아니에요. 다만 집착을 하면 자기 자신을 스스로 괴롭히게 되지요.

사람은 누구나 무소유로 태어나 무소유로 죽습니다.

그렇다고 사람이 가진 게 전혀 없는 것은 아닙니다. 무일물중무진장無一物中無盡藏이라는 불교 용어가 있습니다. 없는 가운데 다 있다, 즉 인간이란 본래 아무것도 없는 존재이지만 동시에 무한대의 가능성이 있다는 뜻입니다.

일자리를 잃으면 당연히 두렵지요. 이제까지의 노력이 수포로 돌아간 것처럼 허무합니다. 하지만 잃어야 비로소 싹이 트는 가능성이 있습니다. 가진 게 없다는 것은 무엇이든 할 수 있다는 뜻입니다.

절망 속에 하염없이 머물지 마세요. 다시 고개를 들고 걷기 시작하시기 바랍니다.

어제와 똑같은 오늘이
지긋지긋해요.

어제와 오늘은
전혀 다른 날입니다.

아침에 일어나 아침밥도 제대로 먹지 못하고 집을 나섭니다. 졸린 눈을 비비며 지하철역에 간신히 도착해 지옥철에 몸을 싣습니다. 그렇게 회사에 도착하면 몸은 이미 천근만근입니다. 사무실 책상 위에는 어제 미처 마무리하지 못한 일이 한가득입니다.

깊게 한숨을 내쉬며 업무를 시작합니다. 눈 깜짝할 사이에 시간은 흘러 벌써 점심시간입니다. 오늘은 밥 먹으러 나갈 시간도 모자란 것 같아 편의점에서 사온 삼각김밥을 먹으며 눈을 컴퓨터 화면에서 떼지 못합니다. 오후엔 화장실도 제대로 못 갈만큼 바빴는데 오늘도 남아서 일해야 합니다. 겨우 마치고 집으로 돌아오면 씻는 둥 마는 둥 하고 그대로 잠자리에 듭니다. 몇 시간 후에는 또 출근해야 합니다.

'이런 생활이 도대체 언제까지 계속되는 걸까?', '이대로 내 인생이 끝나는 건 아니겠지?' 이런 생각들이 뇌리를 스쳐지나갑니다. 바쁜 직장인이라면 누구나 이런 생각들로 고민한 적이 있을 것입니다.

정말로 원해서 들어간 회사라 하더라도 다람쥐 쳇바퀴 도는 듯이 반복되는 일상을 살다 보면 여러 가지 고민과 갈등이 생기겠지요.

처음에는 하는 일마다 모두 새로워서 신이 납니다. 이렇게 나랑 잘 맞다니, 앞으로도 열심히만 하면 잘나가게 될 거야. 누구나 그렇게 믿습니다. 그런데 사람에게는 익숙해지는 습성이 있습니다. 한 달 전에 시작한 새로운 업무도 처음에는 그렇게 신이 났는데 이제는 더 이상 아무런 자극을 못 느낍니다. 이렇게 하면 어떤 결과가 나오는지 터득하는 순간부터 사람은 업무에 익숙해집니다. 소위 권태로움을 느끼게 되는 것이지요.

권태에 대해 사람들은 부정적으로 생각하는 경향이 있지만 사실은 그렇지 않습니다. 이유는 2가지가 있는데요. 첫째는 권태롭다는 것은 자신의 역량이 향상되고 있음을 나타내기 때문입니다. 하루 꼬박 걸렸던 업무가 2시간 안에 끝난다면 그건 바로 성장했다는 증거가 되는 것이지요.

둘째는 일에 권태로움 같은 건 애초에 없기 때문입니다. 똑같아 보여도 완벽하게 똑같은 일은 없습니다. 일이 따분해진 게 아니라 일에 대한 나의 태도가 바뀐 것이지요. 결국에는 매일 똑같은 일상을 반복하고 있다고 자기 멋대로 믿는 것뿐입니다.

어제와 오늘은 전혀 다른 날이라는 사실을 명심하시기 바랍니다. '이런 생활을 언제까지 계속해야 하나?' 이런 고민도 나 혼자서 만들어냈을 뿐입니다. 권태롭다, 따분하다. 이런 고민은 할 가치가 없는 헛된 것입니다. 때로는 이런 고민이 고개를 내밀 때도 있겠지요. 그럴 때는 자신의 일을 한 번 뒤집어 생각해보시길 바랍니다. 처음부터 끝까지 똑같은 과정으로 이뤄져 있다면 거꾸로 시작해보는 것이지요. 분명 보이지 않았던 것들을 고민하게 될 겁니다.

큰 밑그림을 그리게 될 수도 있고, 이전에 생각해보지 못했던 것들이 보일 수도 있습니다. 그리고 다른 사람이라면 어떻게 생각했을지 타인의 관점에서 생각해보는 연습을 하는 것도 괜찮습니다. 20대 여성이라면, 30대 남성이라면, 50대 여성이라면. 이런 식으로 대상을 바꿔 생각하면 문제의 핵심이 달리 보일 수 있습니다.

매일이 너무 똑같아 지겹다면 이런 식으로 생각을 바꿔보는 연습을 해보시길 바랍니다. 관점의 변화는 의외로 쉽고, 놀라운 결과를 가져다줄 수 있습니다.

열심히 했는데도
성과를 내지 못했습니다.

성공하면 OK.
실패해도 그 또한 OK입니다.

어떤 일을 열심히 했음에도 실패로 끝나버리면 그 결과에 미련을 두게 됩니다. 하지만 불교의 시각으로 보면 성공도 실패도 실은 똑같습니다. 성공해도 괜찮아요. 실패해도 괜찮습니다. 둘 다 똑같이 나의 소중한 경험이 되기 때문이지요. 즉 성공해도 실패해도 둘 다 이득이나 손실이 없습니다. 그러므로 실패했어도 반성하고 앞으로 나간다면 아무 문제가 되지 않습니다. 다만 어떤 결과든 그 과정에는 눈물 어린 노력이 반드시 있어야 한다고 생각합니다.

열심히 노력한 결과가 성공이든 실패든, 환희와 회한의 눈물을 흘릴 수 있을 만큼 최선을 다하시기 바랍니다. 그 눈물 속에 인생의 진실이 숨어 있습니다.

어중간한 노력과 삐딱한 태도로 일에 임했다면 눈물은 흐르지 않습니다. 성공한다 하더라도 그 성공은 삶의 밑거름이 되지 못합니다. 최선을 다해 노력하는 자세가 바로 행복으로 갈 수 있는 비결입니다.

물론 도전이 실패로 끝난다면 왜 실패했는지 되짚어봐야겠지요. 실패를 그대로 놔두면 똑같은 일만 반복됩니다. 그러면 실패가 재산이 될 수 없지요. 선에서 말하는 반성이란 결코 자신을 부정하는 것이 아닙니다. 자신을 비판하고 궁지에 몰아놓는 게 아닙니다. 자신의 노력 부족을 후회하는 것은 상관없지만 필요 이상으로 자기 자신을 몰아세우지는 마세요.

반성하는 건 좋은 일입니다. 그렇다고 열심히 노력하려고 했던 진심까지 부정하지는 마세요. 고지식한 사람일수록 자신을 비난하기 쉽습니다. 하지만 너무 지나치면 마음의 병이 생길지도 모릅니다. 그럴 필요까지는 없어요. 반성과 자기비판은 근본적으로 다르다는 사실을 명심하시기 바랍니다.

불교에는 할경부조割鏡不照라는 말이 있습니다. 글자 그대로 깨져버린 거울은 두 번 다시 주변을 비출 수 없다는 뜻입니다. 바꿔 말하면 지나간 일은 언제까지나 붙잡고 있어도 달라지지 않으며, 차라리 그 시간에 그 힘으로 앞을 향해 나가는 것이 중요하다는 뜻입니다.

이것이 인생의 진리입니다. 성공하면 기쁘지요. 하지만 언제까지나 그 기쁨에 취해 있지 말고 앞을 향해 나가야 합니다. 또 실패하면 분한 마음이 들지요. 하지만 후회만 하지 말고 자성의 시간을 가진 후 빨리 털어버리고 앞을 향해 나가야 합니다. 과거가 아닌 지금의 시간을 살아야 합니다.

고민으로 번뇌하는 사람에게 저는 이런 말을 자주 합니다.

"괜찮아요. 어떻게든 되겠지요."

"지나간 일은 어찌할 도리가 없잖아요. 빨리 잊어버리세요."

여러분도 실제로 이 말을 입 밖으로 내보시기 바랍니다. 마음속으로만 하지 말고 직접 말로 해보세요.

신기하게도 그렇게 말하는 순간 마음이 앞을 향합니다. 이것은 뇌과학으로도 증명된 사실이라고 합니다. 괜찮다는 말을 직접 말로 하면 뇌 회로가 긍정적인 사고로 바뀝니다. 뇌가 긍정적인 사고를 하게 되면 실제 심신에도 활력이 생기게 됩니다.

"실패했어. 이제 내 직장생활은 끝이야." 혹시 지금 이렇게 울부짖고 있나요? 하지만 한 번 냉정하게 생각해보시기 바랍니다. 그렇게 치명적인 큰 실패가 과연 얼마나 있을까요? 범죄를 저질렀다면 얘기는 다르지만 한 사람의 인생을 좌우할 만큼 큰 실패는 그리 흔하지 않습니다.

한두 번의 실패쯤은

"괜찮아요. 어떻게든 되겠지요."

성공한 인생이란
어떤 인생일까요?

인생 참 재밌었다.
죽을 때 그렇게 생각할 수 있는 인생이
아닐까 싶습니다.

“성공하고 싶다.” “부자로 살고 싶다.” 많은 사람들이 입버릇처럼 그렇게 말합니다. 성공이란 과연 무엇일까요? 참 어려운 질문입니다. ‘내 인생에 한 점 후회는 없다’는 말처럼 주어진 인생을 잘 살았다, 참 즐거웠다, 정말 재밌었다 죽을 때 그렇게 생각할 수 있는 사람이야말로 인생의 승리자가 아닐까 싶습니다.

후회는 없다고 말할 수 있는 사람은 거의 없겠지요. 그럼에도 나는 충분히 잘 살았다고 스스로 만족할 수 있는 인생이야말로 성공한 인생이 아닐까요?

‘돌이켜보면 괴로운 일도 있었고 후회도 많았지, 하지만 즐거운 추억도 많았어.’ 일하면서 느꼈던 성취감, 내 아이를 처음 품에 안았을 때의 가슴 벅찬 행복. 그런 여러 추억들을 가슴에 안고 홀가분하게 저승으로 떠날 수 있다면 그것이 바로 성공한 인생입니다.

결코 물질이나 재산을 남기는 것만이 성공은 아닙니다. 그런 것을 위해서 사는 게 아닙니다. 여러 사람들이 나의 죽음을 아쉬워하고, 가족들뿐만 아니라 많은 사람들이 장례식장에 와서 생전의 추억담을 풀어놓으며 고마워한다면, 그들에게 둘러싸여 저세상으로 떠난다면, 이것이야말로 성공한 인생이라고 저는 믿습니다.

한편 과거의 성공에 집착하는 사람들도 있습니다. 예전처럼 다시 한 번 크게 성공하고 싶은데, 마음이 초조해질수록 일은 자꾸 꼬입니다. 이와는 반대로 언제까지나 과거의 실패를 붙잡고 마음의 병을 앓는 사람도 있습니다. '어차피 나는 성공하지 못해. 시도해봤자 실패할 게 뻔해' 라고 생각하는 사람들이지요.

만약 과거에 얽매여 있다면 자신의 인생에 대해 정말 미안한 일을 하고 있는 거랍니다. 지금 이 책을 읽는 독자 여러분께 꼭 이 말을 전하고 싶습니다. 여러분의 인생은 아직 끝나지 않았습니다.

여러분은 지금 이 순간 인생의 한가운데를 살고 있습니다. 과거를 사는 게 아닙니다. 지금이라는 현재에서만 인생을 살 수 있어요. 여행의 중간에 멈춰서면 아무것도 시작되지 않습니다. 인생의 종착역까지 치열하게 자신의 인생을 살아내시기 바랍니다.

중간에 멈춰서 후회만 되풀이하는 것, 그게 바로 실패한 인생이 아닐까요?

인간의 행복은 사람과 사람의 관계 속에서만 만들어집니다. 세상에 오로지 나 혼자서만 행복할 수는 없습니다. 주변 사람들도 함께 행복해야 비로소 진정한 행복을 맛볼 수 있습니다. 성공도 이와 마찬가지입니다. 나 혼자만 성공하고 승리를 독식한다고 해도 진정한 행복은 찾아오지 않습니다.

불교에서는 나 아닌 다른 이들과 관계를 맺어야만 만물이 존재할 수 있다고 생각합니다. 그러므로 남을 위해 애쓰고 행복을 나누는 것이 바로 사람이 누릴 수 있는 행복이라고 가르칩니다. '여유만 있으면 당장에라도 어려운 사람들을 위해 뭔가 할 수 있을 텐데.' 많은 사람들이 이렇게 생각하지요.

하지만 진정한 의미에서 남을 위해 애쓴다는 것은 경제적으로나 정신적으로나 여유가 없더라도, 설령 가진 것 하나 없더라도 남들과 나누려는 태도입니다. 상대방만큼 유복하지 않아도 내가 할 수 있는 범위에서 나눔을 실천하려는 마음이 중요합니다. 꼭 물질이 아니어도 괜찮습니다. 웃는 미소로도 충분하지요. 진심으로 남을 위해 애쓰려는 것 자체가 고귀한 일이니까요.

그러한 고귀한 마음이야말로 나를 진정한 성공으로 이끈다고 저는 믿습니다.

왜 사는 걸까요.

삶의 의미, 인생의 의미는
평생 동안 찾아야 합니다.

일이란 무엇인가? 삶이란 무엇인가? 나라는 인간은 도대체 어떤 사람인가? 이러한 질문에 대한 해답을 찾고 싶을 때가 누구나 있습니다.

하지만 이 물음에 대한 명확한 해답은 아무리 훌륭한 사람도 내놓을 수가 없습니다. 왜냐하면 해답은 자신만이 찾을 수 있기 때문이지요.

세상의 진리는 저 멀리 다른 세상에 있는 것이 아닙니다. 실은 내 주변에 흔히 존재합니다.

때로 눈을 들어 주변의 자연에 시선을 돌려보세요. 봄이 되면 식물이 싹을 틔우고 이윽고 아름다운 꽃이 피어납니다. 인간의 힘으로는 절대로 불가능하지요. 비가 내리고, 천둥이 치고, 눈이 내립니다. 이 또한 과학이나 수학으로 제어할 수 없습니다. 거기에는 대우주의 진리가 있습니다. 이렇게 자연의 진리와 접하면서 지금까지 인류는 삶의 의미와 방식에 대한 실마리를 찾아왔습니다.

하지만 현대인은 점점 자연으로부터 멀어지는 삶을 살고 있습니다. 도시의 많은 사람들이 콘크리트 건물 안에서 생활하고 무미건

조한 사무실에서 일합니다. 그러는 사이 신경은 점점 날카로워지고 인생의 방향성을 서서히 잃어가지요. 과장해서 하는 말이 아니라 실제 우리가 안고 있는 커다란 문제 중의 하나입니다.

최근에는 해외에서도 '선의 정원'을 제작해달라는 의뢰가 늘어나고 있습니다. 지금까지 빌딩 숲 사이나 건물 안의 천장이 뚫린 로비, 옥상 등에 많은 정원을 디자인해왔습니다. 경제적인 관점에서 보면 이윤을 창출하지 않는 정원은 정말 비효율의 극치겠지요.

하지만 사람은 빈틈이 전혀 없는 환경에서는 살 수가 없습니다. 이것은 학교 수업시간 사이에 쉬는 시간이 필요한 것과 마찬가지로 휴식이 없으면 사람은 살기가 버겁습니다. 아파트 건물들 사이에 흔히 보이는, 잡초가 무성하고 돌멩이가 굴러다니는 빈터. 이런 공간이 전혀 무의미한 공간일까요? 물론 이 공간은 경제적으로 돈을 만들어내지는 못합니다.

하지만 단 한 사람이라도 이 빈터에 피어난 꽃들을 보면서 위안을 얻는다면 그 공간은 훌륭한 정원이 됩니다.

제가 정원을 디자인하며 온 세계를 누비고 다니는 것은 '선의 정원'을 홍보하기 위해서가 아닙니다. 종교를 포교하기 위해서도 아닙니다. 개인을 되찾을 수 있는 공간, 내 삶과 인생을 되돌아보고 조용히 자문자답할 수 있는 공간을 많은 사람들에게 제공하고 싶다는 단 하나의 소망 때문이지요.

나를 삼켜버릴 것만 같은 바쁜 일상 속에서 문득 발걸음을 멈추니 그곳에 작은 정원 하나가 눈에 들어옵니다. 돌과 모래와 초목을 아무 생각 없이 바라보고 있으면 왠지 마음이 편안해지는 공간. 단 몇 분이라도 마음을 놓을 수 있는 공간. 그렇게 무상무념이 되면 중요한 사실을 깨닫습니다.

나는 내 의지로 살고 있는 게 아니다. 저 나무나 들풀과 마찬가지로 자연이 나를 살리고 있다. 그 사실을 깨닫게 되면 조금이나마 인생의 정답이 보이기 시작합니다.

인생이란 무엇인가? 삶이란 무엇인가? 누구나 그 정답을 알고 싶지요. 하지만 이는 평생을 두고 찾아낼 수밖에 없습니다.

왜냐하면 그 정답을 찾는 행위가 바로 인생이기 때문이지요.

지은이

마스노 슌묘 枡野俊明

1953년 일본 가나가와 현에서 태어났으며, 도쿠유잔 겐코지德雄山建功寺의 주지스님이다. 정원 디자이너로도 활발히 활동하고 있으며, 다마多摩미술대학 환경디자인과 교수, 캐나다 브리티시컬럼비아 대학교 특별 교수를 역임하고 있다.
많은 사람들에게 명상의 즐거움을 알려주고 편안하게 마음을 내려놓을 수 있는 공간을 만들기 위해 '선의 정원禪の庭' 작업을 시작했다. 그의 정원 작품들은 복잡한 도시 속에서 평화로운 안식처를 제공한다는 평을 받고 있다. 그가 디자인한 정원으로는 도쿄의 캐나다 대사관, 베를린의 일본 정원, 일본 도큐호텔 정원 등이 있다. 일본예술선장 문부대신 신인상을 수상했으며, 독일의 공로훈장인 공로십자훈장을 수상했다.
2006년에는 《뉴스위크》가 선정한 '세계가 존경하는 일본인 100인'에 선정되었다. 지은 책으로는 《1日 몸가짐》《화내지 않는 43가지 습관》《심플한 생활의 권유》《9할》《있는 그대로》《불필요한 것과 헤어지기》《스님의 청소법》 등이 있다.

옮긴이

오승민

연세대학교 화학과를 졸업한 후 성균관대학교 제약학과를 졸업했다. 어릴 때부터 일본을 왕래하며 10년 이상 거주했다. 현재 번역 에이전시인 엔터스코리아에서 출판기획 및 일본어 전문 번역가로 활동하고 있다.

생각정거장

생각정거장은 매경출판의 새로운 브랜드입니다. 세상의 수많은 생각들이 교차하는 공간이자 저자와 독자의 생각이 만나 신비로운 여행을 시작하는 곳입니다. 그 여정의 충실한 길잡이가 되어드리겠습니다.

지치고 힘든 우리의 마음을 다독여주는 시간

오늘, 마음 맑음

초판 1쇄 2016년 9월 20일
2쇄 2016년 10월 10일

지은이 마스노 슌묘 **옮긴이** 오승민
펴낸이 전호림 **편집5팀장** 이승희 **펴낸곳** 매경출판㈜
등 록 2003년 4월 24일(No. 2-3759)
주 소 우)04557 서울시 중구 충무로 2(필동1가) 매일경제 별관 2층 매경출판㈜
홈페이지 www.mkbook.co.kr
전 화 02)2000-2610(기획편집) 02)2000-2636(마케팅) 02)2000-2606(구입 문의)
팩 스 02)2000-2609 **이메일** publish@mk.co.kr
인쇄 · 제본 ㈜M-print 031)8071-0961

ISBN 979-11-5542-523-7(03830)
값 14,000원